GUADALUPE NETTEL
El matrimonio de los peces rojos

赤い魚の夫婦

グアダルーペ・ネッテル
宇野和美 訳

現代書館

赤い魚の夫婦

EL MATRIMONIO DE LOS PECES ROJOS

赤い魚の夫婦　目次

アレ・オルとペロ・ペガドに

人間をのぞく動物はみな、必要なことを知っている。

大プリニウス

人間は、傷つくと、とりわけ凶暴になりうる種に属する。

高行健

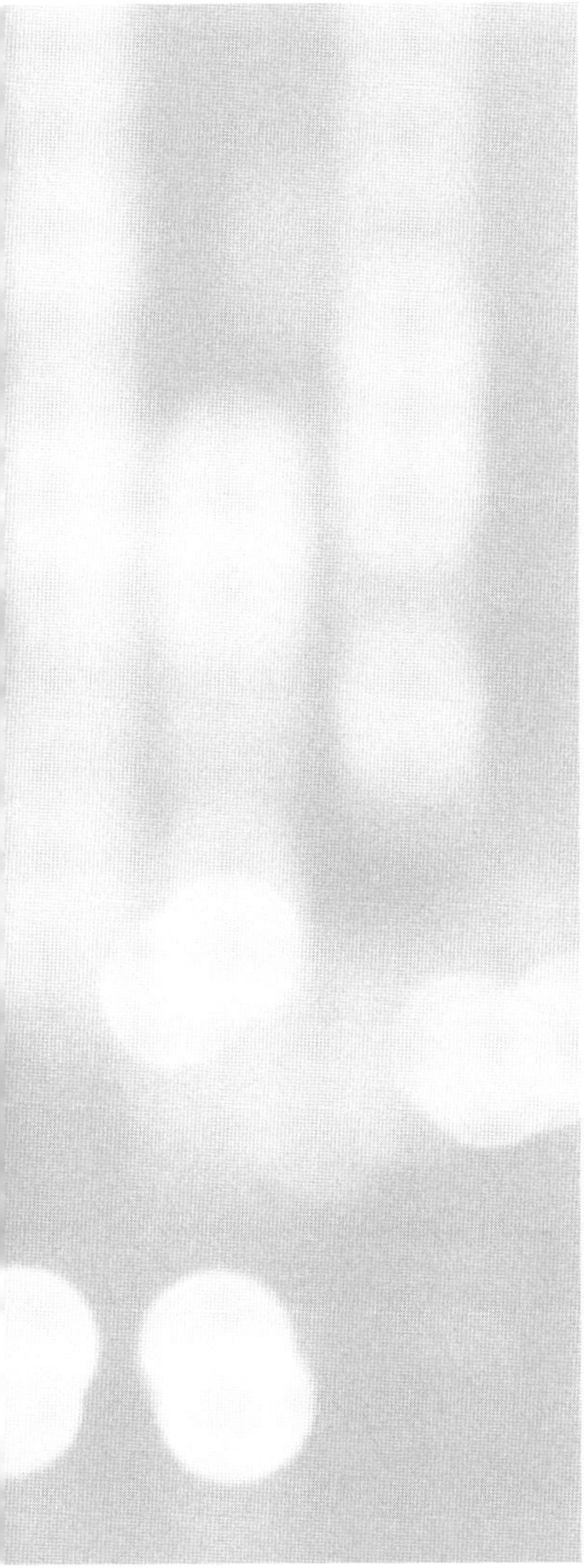

赤い魚の夫婦

昨日の午後、わたしたちの最後の赤い魚、オブローモフが死んだ。ここ数日その兆しはあった。金魚鉢の中でほとんど動かず、えさをとりにくるときも水槽にさしこむ日差しを追いかけるときも、前ほど元気にとびはねなかった。とらわれの魚ぐらしのうちに、うつかそのたぐいのものの犠牲になったのか。オブローモフのことを、わたしはほとんど何も知らずじまいだった。金魚鉢のガラスをのぞきこんで彼の目を見ることはめったになかったし、見たとしてもほんのわずかのあいだだけだった。ガラスの器の中に、ぽつんとひとりぼっちでいる姿を見ると胸が痛んだ。彼が幸せだったとはとても思えない。昨日の午後、真っ赤なヒナゲシの花びらのように水面に浮いているのを見たとき、それが何より悲しかった。彼のほうは、夫のヴァンサンとわたしが彼を見るよりもずっとじっくり冷静に、こちらを観察する時間があったはずだ。そして彼なりに、わたしたちのことを憐れんでいたに違いない。魚を含め、共に暮らす生き物から、人は多くのことを学ぶ。彼らはわたしたちが直視できない水面下の感情や行動を映しだす鏡のようだ。

オブローモフは初めてではなく、わたしたちが飼った三匹目の魚だった。以前も、彼と同じ種類の魚が二匹いて、その二匹のことはわたしもよく注意を払って観察したものだった。二匹がうちにやってきたのは、娘のリラが生まれる二か月前の、とある土曜日の朝だった。あとがまのオブローモフが死んだ、あの金魚鉢に入れられて、ヴァンサンと共通の友人ポーリーヌがプレゼントとして持ってきたのだ。わたしたちは喜んで受け取った。猫や犬だったならアパートで飼うのにひと悶着あっただろう。だけど魚だったから、もうひと組の夫婦と同じアパートをシェアするというのが気のきいたことに思えた。しかも、赤い魚は幸運をよぶという。そのころのわたしたちは、妊娠からくる不安をまぎらすために、動物であれなんであれ、縁起のいいものなら何にでもすがりたい気分だった。

最初、わたしたちはその真っ赤な魚たちを、西日がさしこむ居間のコーナーテーブルの上に置いた。赤い尾ひれをひらひら動かす魚がいたら、裏庭に面した部屋がはなやぐ気がした。どのくらい彼らをながめて過ごしたことだろう。そのひと月前、わたしは勤めていた弁護士事務所に産休を申請し、リラの出産にそなえていた。退職したわけではなくただの産休だったが、気持ちが落ち着かなかった。家で何をしたらよいかわからない。自由な時間がありすぎて、将来への不安ばかりがつのった。冬の寒さの最もきびしい時期で、凍るような寒風に耐える服を着こまなければと考えるだけで外出する気がうせた。家にいて新聞を読んだり、リラを迎える準備をしたりしているほうがよかった。前は書斎にしていた小さな部屋を子ども部屋にした。一方、ヴァンサンは、以前よりオフィスにいる時間が長くなっていた。赤ん坊が生まれたら何があるかわからないから今のうちに仕事を進めておきたいと言う。しかたないと思いつつ、彼がいないのはさびしく、二人でいるときもそのさびしさは消えなかった。仕事上のスケジュールや悩みで頭がいっぱいのヴァンサンはどこか遠く、わたしの入りこむ余地がない感じがした。彼の帰りを待つ夕べ、わたしは椅子に座って魚たちを観察した。時にはゆったり、時には逃げまどうかのように必死で金魚鉢の中を泳ぐ魚たち。体色はほとんど同じだが、行動パターンやえさを食べにくるときの動きで、わたしはオスとメスをはっきりと見分けられるようになった。金魚鉢には魚たち以外、水しか入っていなかった。石も、身を隠す物陰もない。二匹は年がら年じゅう顔をつきあわせていた。水面にあがってくるときも、ガラスにそってぐるぐる泳ぎまわるときも、動きのひとつひとつがいやおうなく呼応しあう。二匹で対話しているようにも見えた。

オブローモフと違って、最初の二匹は名前がなかった。わたしたちはオス、メスとしか呼ばなかった。そっくりだが、やや大きく、うろこがぴかぴかしているほうがオスだった。ヴァンサンはわたしほどしばしば見てはいなかったが関心はあって、魚のことでこんな発見をしたとわたしが話すと、同居する家族のことのようにうれしそうに聞いていた。ある朝、キッチンのカウンターでわたしがコーヒーをいれているとき、片方の魚、たぶんオスがひれを広げていると教えてくれたこともあった。真っ赤なひれを広げたオスは、ふだんの二倍はありそうに見えた。

「メスは?」。エスプレッソメーカーを手に、わたしはたずねた。「メスも広げてる?」

「いや。メスはいつもと同じだ。ほとんど動かない」。ヴァンサンが、金魚鉢に顔をおしあてて言った。「求愛行動かもな」

その朝、わたしたちはリシャール・ルノワール通りの青空市に出かけた。青空市は週末の楽しみだった。雪が消え、霧雨も降らず、空には太陽がほのかに輝いている。わたしたちはショッピングを楽しんだ。けれども、その日はそれで終わらなかった。食料品の袋をかかえて家に帰ろうとしたとき、ふとオレンジがほしくなり、買っていこうとヴァンサンに声をかけると、そっけなくつっぱねられたのだ。

「今の時期、あんなに高いのに? ぜいたくだな。赤ん坊が生まれたらどれだけお金がかかると思ってるの。これまでみたいにちゃらちゃら無駄遣いしているわけにいかないよ」と顔をしかめられ、わたしはひどく傷ついた。

ホルモンのせいだろうか。妊娠中の女性は傷つきやすい。五分もすると、わたしは自分の人生が不穏な黒雲におおわれていく気分になった。おなかに赤ん坊がいるときくらい、どこのだんなさんだって奥さんがしたいようにさせるものじゃない、心の中でわたしは言った。気まぐれに何かを食べたくなるのは、赤ん坊がその栄養を必要としているからと言う人だっている。なのに何？　たかがオレンジくらいで、なんでそんなにきつい言い方をするの？　事をあらだてずに家に帰るつもりだった。だけど、何歩もいかないで、わたしはベンチに座りこんでしまった。もうボタンがかからなくなったコートの前からのぞいているセーターが、ひどくくたびれてみすぼらしく思えた。涙があふれてくるのがわかった。でも、それに気づいても、ヴァンサンはゆずらなかった。

「どうしろっていうんだ。市場にきて、好きに買い物したくせに、ばかばかしい。理解に苦しむね」

立ちあがって、自分のこづかいでオレンジを買ってやりたい衝動をどうにか抑えたものの、その日は一日じゅう、気持ちが浮きたつことはなかった。家に帰ると、オスはまだひれを広げていた。わたしの目には、その態度がひどくふてぶてしく映った。メスはといえば、あいかわらずひれをだらんとたらして、のろのろ泳いでいる。その姿をオスと見比べて、なんだか不憫になった。

月曜日、わたしは朝早く家を出た。通りの角のカフェに入って、しぼりたてのフレッシュオレンジジュースを特大グラスで注文した。カフェクレームとクロワッサンも頼んだ。支払いは全部クレジットのファミリーカードですませた。それから本屋に寄って小説を一冊買った。ピレネー通りにあるLサイズ専門のブティックで一時間ばかりあれこれ試着して、セーターを一枚買った。昨日のセーターのかわりだ。家に帰ると正午で、もう昼食の時間だった。すぐ居間に行って、神のお告げを仰ぐように金魚鉢をのぞきこんだ。オスはまだひれを広げている。けれども、今度はメスにも変化が見られた。すうっと二本、からだに茶色い横線が現れていた。わたしは茄子のパスタを作って立ったまま食べながら、むかいの建物の修繕をしている二人の作業員をキッチンの窓から見た。食べ終わると、使った鍋と汚れた食器をさっさと洗った。それからぶらりと散歩に出て図書館に行った。入るつもりだったが、月曜日の午後は休館だったので、家に帰って朝買った小説を読みながらヴァンサンを待った。彼が帰ると、メスのからだに出てきた線のことをおそるおそる知らせた。だが、彼はべつに大騒ぎするほどのことではないと思ったようだった。

「そんな見えるか見えないかの線、なんでもないさ。前からあったんじゃない？」と言っただけだった。

わたしたちは黙ったまま、何か月も冷凍室に入っていたピラフをあたためた夕食を食べた。ヴァンサンは皿を洗い、そのまま居間に陣どって明け方まで仕事をしていた。わたしはひとことも声をかけず、一人で子ども部屋の壁にテディーベアの壁紙テープを貼る作業にとりかかった。やりかけたまま、二人とも何週間もほっぽらかしてあった作業だ。先のばしになっていることをひとつでも片づけたかった。案の定、思ったほどうまくいかなかったけれども、見られないほどではなかった。けれどもヴァンサンは、わたしがわざとそんなふうに貼ったのだと解釈した。あてつけにクマをふぞろいにしたのだと。

「言ってくれたらよかったのに。いじけた被害者面ばかりするなよ」

火曜日の朝、親しげにふるまおうとする他人のように紅茶とトーストの朝食をとって、ヴァンサンが会社に行くなり、わたしは腹立ちまぎれにカフェに入り、またオレンジジュースを飲んだ。それから、霧雨の中を歩いて図書館に行った。学生時代はよく通ったのに、しばらく図書館から足が遠のいていた。仕事場は左岸にあるので、仕事でインターネットで解決できない調べものがあると国立図書館を利用していた。いつ行ってもめったに人を見かけない国立図書館と違って、近所の図書館は若者でいっぱいだった。かつてのわたしのような高校生や、学食にたむろして声をはりあげ、笑いころげていそうな大学生たち。親の仕送りや政府の奨学金が途だえないように、試験にパスすることで頭がいっぱいの子たちだ。その年代の若者を見ると、ふだんなら、少なくともここ数年は、どこかやさしい気持ちになったものだが、その朝は驚いたことにやっかみを感じた。入口のドアを押そうとしたとき、赤と白の縞のマフラーを巻いた若者が、わたしのおなかにぶつかった。

「すみません」。ほとんど足をゆるめずに言われた。

お腹が大きいことよりも、通りいっぺんの——わたしにはそう思えた——謝罪に、歳の差を痛感させられた。

中に入ると、わたしはまっすぐに自然科学の書架に行き、『水生生物百科』という本を手にとって、わたしたちの魚をさがした。《シャム闘魚》の名でも知られる、ベタ・スプレンデンスの仲間だというのがわかった。アジアの池に生息する種だ。えらにラビリンス器官をもち、水面からも空気を吸える。解説には、共生が難しいことでよく知られていると書かれていた。なぜ難しいのかや、どう飼えばいいのかなど、詳しい解説はその本にはなかった。世話の仕方を知るには、別の本をさがすしかなかった。メスのからだに現れた線についても、何も書かれていなかった。

何冊か魚の本を見て、借りる本を二冊選んだ。利用者登録と貸し出しの用紙に記入した。無邪気と思われそうだが、改めて図書館の利用者登録をするのはわくわくした。家に帰ろうと外に出ると、雨が本降りになっていた。そこでしばらく入口のところの書架で時間をつぶした。その月の新刊雑誌や新聞の別冊が置いてある棚だ。ざっと見たけれど、どれを読むか決められなかった。「マガザン・リテレール」から「マリ・クレール」まで、なんでもあった。「マリ・クレール」の表紙には、わたしに向かって言っているかのように、「妊娠 どうして今、わたしたちを棄てるの?」という文字がおどっていた。まだしばらく降りそうだから、このまま濡れながら帰るしかないかとあきらめたとき、携帯が鳴った。ヴァンサンだった。利己的な態度をとって悪かったと、あやまってきたのだ。昼ご飯をいっしょに食べようと、アパートに戻っていた。「きみの好きなイタリア料理店に寄って、ラザーニャを買ってきたよ。それにオレンジも」。わたしがどこにいるかを知ると、迎えにくると言った。白い雲が描いてある大きな青い傘に入って、図書館から二人、肩を抱きあって家に帰った。朝食の残りがまだ台所のカウンターの上にあった。ヴァンサンは袋から料理をとりだして、電子レンジであたためた。昼食を食べ、ヴァンサンが二杯目のワインをあけているときに、わたしたちの魚たちについてわかったことを話した。贈り主のポーリーヌそっくりの、とっぴで面倒なカップルだと、わたしたちは笑いあった。食べ終わると愛しあった。妊娠しているあいだに持った数少ない機会のひとつだ。短くやさしい、欲望に突き動かされたセックス。ヴァンサンは、ベッドの中にいるわたしに行ってくるねとキスをして、オフィスに戻った。数分後、部屋の鏡の前で服を着ているとき、わたしは自分のおなかのちょうど真ん中あたりに茶色い横線があるのに気づいた。

午後はソファーで本を読んだり、魚たちを観察したりして過ごした。専門書ではないが、図書館で借りてきた本には、『水生生物百科』よりもずっと役立つ情報が載っていた。二冊とも子ども向けか、魚類にあまり詳しくない一般読者向けの入門書だった。そのうちの一冊に、ベタ・スプレンデンスについての記述があった。世話の仕方と繁殖について詳しく説明してある。オスがえらぶたを広げるのは、交尾の意志をほのめかす行動で、メスにこたえてもらえないと攻撃的になるらしい。でも、まだそこまではよかった。ベタは、きわめて好戦的な魚だと書いてあった。だから、「闘魚」とも呼ばれる。リングにあげて文字どおり闘わせる国もあるらしい。東洋で、賭けのために鶏を闘わせるのと同じだ。説明を読むうちに、わたしは気まずい気持ちになった。人が隠そうとしていることを、こっそり知ってしまったときのような感情。本当にわたしは、自分のペットについてそういうことを知りたいのだろうか。そうだと、わたしは思った。知って、将来のアクシデントにそなえたほうがいい。どんなに大きな水槽でも、オスを二匹入れるのは勧められないと本にあった。オスとメスなら、オス同士より共生できる可能性が高くなる。ただし、十分なスペース、少なくとも五リットルの水があればの話だった。うちの金魚鉢を見ると、水の量は話にならないほど少なかった。「ストレスや危険がある場合」と著者は続けていた。からだにくっきりと横線が出てくると。

ソファーで一時間ほどうとうとしたところで、ヴァンサンが帰ってきた。彼は開いていたページがわかるよう気をつけて本を閉じ、そっとわたしにささやいてベッドに行くようながした。けれどもその前にわたしは、魚たちについて読んだことを告げずにいられなかった。

「ここに入れておくとすごく危険なの。傷つけあって、しまいに殺しあうこともあるんだって。信じられる?」

酸素の装置のついた大きな水槽に移して、魚たちが顔を合わせたくないときに身を隠せる石を入れると、わたしはヴァンサンに約束させた。彼はわかったと言いながらまぜっかえした。

「ずいぶんいれこんでるな。事務所に復帰したとき、動物の権利の専門家になれるんじゃないか」

魚たちをその金魚鉢から出してやるまで、それから数日かかった。それは彼らにとっても、わたしたちにとっても緊迫した日々だった。大きな水槽を入れたら居間が狭くなると、ヴァンサンが渋ったからだ。どうしようもないとなかばあきらめつつ、「まるで中華料理屋だな！」とヴァンサンは毒づいた。

家にいるあいだじゅう、わたしは魚たちから目がはなせなかった。何ひとつ見落とさずしっかり見つめていたら、急ないさかいを避けられるとでもいうように。もちろんわたしが肩入れしていたのはメスだった。追いつめられた彼女の恐怖や苦悩、隠れたいという切迫した思いをひしひしと感じた。魚というのは、唯一音をたてないペットだ。叫びすら声にならない。ヴァンサンは一見公平そうにふるまっていたけれど、「メスがどうしたって？生殖を拒絶してるって？」だの「落ち着けよ、兄弟。いらだつのはわかるけど、今の法律は女が自分たちの都合のいいように作ったものだからな」といった、ときおり発する冗談めかしたコメントを聞けば、そうでないのは明らかだった。

その間も、わたしたちの赤ん坊はおなかの羊水の中でぷかぷか浮かんでいた。産婦人科の前回の定期検診で、児頭が骨盤にもぐりはじめていると言われた。それはわたしが腰に感じていた感触とぴったり合致していた。あたりが静まりかえった午後、ときおり恥骨がきしむ音が聞こえた。三十五週を過ぎていて、あとは時間の問題だった。アパートの中がすべてきちんと整っているかが一番の気がかりだったが、魚たちのこと以外は完璧だった。そこで、わたしは強く主張して、その週末に水槽を買った。ベタのためにわたしたちが確保した住居は、本格的な水槽だった。本が勧めているとおり十リットルの容量があり、底面積は狭いけれど高さがあって本棚にすっぽりおさまる。そういうふうに置こうというのはヴァンサンのアイデアだった。本棚の一画を占領してしまうが、それなら居間の面積を一平方センチも減らさずにすむ。わたしはシャム闘魚のために何冊かの法令集を地下室にしまうはめになった。自分たちの平穏な生活のために飼い主が尽力しているのがわかってか、魚たちはこのところずっとおとなしかった。何度か失敗したあと、けっきょく専門家の手を借りて魚たちが新しい水槽におさまり、とうとうメスが身を隠す場所を手にいれると、わたしはほっと胸をなでおろした。

リラはその週に、アパートから数ブロックのところにあるブリュエッツ・クリニックで生まれた。水中分娩を実施している、数少ない公立産院のひとつだ。医者が水中分娩を打診したときのヴァンサンのぞっとした顔は今も忘れない。「とんでもない」とわたしたちの魚のことをほのめかして拒絶した。わたしは、それほどとっぴなことだとは思わなかった。水の中で生まれるほうが、病院のベッドで産み落とされるより赤ん坊のトラウマが少なくなると聞いていたから。試してみたかったけれど、ヴァンサンの神経を逆なでしたくなかった。リラは夜九時にこの世に出てきた。陣痛は八時間かかり、そのうち七時間は消毒剤がぷんぷん匂う非人間的な病室でしのいだ。子宮収縮の鈍痛に耐えながら、わたしはブルターニュの海でゆらゆらと波にゆられている自分を想像しようとした。そのあと、検査のために赤ん坊が連れていかれ、回復室に一人とりのこされたとき、わたしたちについていた看護師たちが話すのが聞こえた。

「分娩はそこそこ順調だったけど、あの夫婦の緊張っぷり、見た？　おかげでへとへとよ」と一人が言った。

白いカーテンで仕切られただけの部屋に、はだかのままシーツにくるまれてストレッチャーに寝かされたかたわらで、そんなふうに自分たちのことが話されているのにむっとした。けれどもデリカシーのなさ以上に、こともなげな話ぶりが耳に残った。そんなふうに思われてもしかたないのかも、と自分に言い聞かせた。

わたしは妊娠しているあいだ、というより、生まれてこの方、新生児を自宅に連れて帰ったばかりの時期というのは、夫婦にとって最もロマンチックなすばらしい時だと想像していた。ところが、よそのことはわからないから、わたしに限ってかもしれないけれど、現実はまるで違っていた。睡眠不足と、赤ん坊の世話というデリケートな仕事に慣れるには、超人的な努力が必要だった。休息がいかに重要かや、尋問の前に囚人を不眠の状態にするわけが、このときほど身にしみてわかったことはない。人の親になることは誰もがするあたりまえのことだとばかりに、人々がいつの世も連綿とこういうことをこなしてきたのが信じられなかった。ヴァンサンもわたしも、赤ん坊が壊れやしないかとおっかなびっくりで、沐浴させるのも服を着せるのもへその緒の傷口を消毒するのも、これでいいのだろうかと不安でたまらなかった。九か月ものあいだ自分のからだと一体だった娘を、最初から別のベッドで離ればなれに寝かせるのはわたしには残酷に思えた。ところがヴァンサンにとってそれは生きのびるために不可欠なことだった。どちらも奮闘したが、二時間おきに——その頻度で赤ん坊にミルクをやって、おむつを替えなければならなかった——起きるのは拷問だった。わたしたちはまるで、アパートにとじこめられた怒れるゾンビのようだった。互いにほとんど口もきかなかった。交代で眠るが、いつでも相手のほうが自分より多く寝ていると思えた。わたしはいくら努力しても、思うようにいかなかった。母親としてなってないと言って、ヴァンサンは遠回しにわたしをとがめ、非難してばかりだと言って、わたしは彼をなじった。そのころ、金魚の世話は彼の担当だった。

ヴァンサンが職場に戻ると、事態はましになった。一日じゅう、リラを一人でみなければならなくなったけれど、泣いているのはおなかがすいているからか、寒いからかなどと、彼と言い争わずにすむようになった。ほどなくして生活のリズムができ、毎日のルーティンがつかめてきた。朝、おっぱいをあげることにはじまって、おむつを替え、汚れれば服を替え、雨が降っていなければベビーカーでちょっと散歩に連れだし、またおっぱいをやって、運動神経を発達させるための体操をさせて、お風呂にいれる。よく寝てくれると、そのあいだに食事の支度をしたり洗濯をしたり食器を洗ったり、最低限の家事をしたけれど、できないときのほうが多かった。小児科医によればこの月齢の子では普通らしかったが、リラは眠くなるとひどくむずかるので、ゆすったり歌を歌ったりあれやこれやして、あやさなければならなかった。

　たいがいヴァンサンはリラのお風呂の時間に帰宅した。そして、リラをタオルでふき、服を着せ、寝る支度をととのえるのをひきうけ、最後の授乳が終わると寝かしつけしてくれた。そんなこんなで数時間が過ぎ、わたしたちは夜が更けてから、へとへとになって夕飯を食べた。どちらもしゃべる気力も残っていなかった。ときどき気をとりなおして、仕事はどうだったかとたずねたり、リラをベビーカーで散歩に連れだしたときに見たおもしろいことを話したりしようとしたけれど無駄だった。ヴァンサンは、力なくほほえむだけだった。セックスについては言わずもがなだった。リラが生まれてからは夢遊病のような状態で二回しただけだった。誰でもそうなるようだが、ヴァンサンは自分はだめな父親なのではという不安をかかえていた。一度、ヴァンサンがいくらあやしてもリラが泣きやまなかったときに、かわろうかと声をかけたら、わたしはただ冷めないうちに夕食を食べたかっただけなのに、彼はそれを侮辱と受けとめた。

「ぼくはこんなこともできないとでも言いたいのか？　少し黙ってろよ。こっちはきみのミスや手際の悪さをいちいちあげつらったりしないだろう」

　こちらにも言い分はあったけれど、言っても無駄だった。怒りがますますエスカレートして、しまいにバタンとドアを叩きつけてヴァンサンが家を出ていくまで口論は続いた。わたしはリラを腕の中で揺すりながらとりのこされ、いつもより苦労して寝かしつけた。

最初の一か月は来客が多かった。女友だちやわたしの親戚は、ヴァンサンのいないときに来て、何時間かいっしょにいてくれた。けれどもたいていの知り合いは二人がそろっている週末にやってきた。ふだんほとんど行き来のない人が次々に訪ねてくる奇妙な日々だった。買うか、もう使わなくなったかした服やおもちゃや赤ちゃん用品をみんなが持ってくる。ヴァンサンもわたしもいらないとは言えず、かといって置き場もなかった。リラのクローゼットは満杯だった。ある日曜日の朝、ヴァンサンが今日は誰も来させないぞと宣言した。気持ちはよくわかったし、内心賛成していたけれど、彼がなんの相談もなく二人のことを勝手に決めたのが不愉快だった。わたしたちは昼までずっと互いに口をきかなかった。午後になるとヴァンサンはいつもの気まぐれで、もらった出産祝いをいるものといらないものに分けはじめた。わたしはリラを寝かせるからと言って二人でベッドルームにこもり、いらだちがいくらかおさまると、リビングで水槽をながめた。魚たちはどうしているだろう。わたしたちが自分たちのことに気をとられているあいだに、水中ではどんなことが起きていたのか。魚たちはつつがなく過ごしていた。少なくともわたしにはそう思えた。いざこざや衝突があったとしても、気づかなかった。メスはまたストレスをかかえていないだろうかとわたしは心配した。自然はなんと賢明なのだろう。自由になるスペースがこれほどあっても、子をつくるのは得策ではないと、なぜかしら彼らはわかっているのだ。このオスが相手だからその気にならないのか、それとも相手が誰でも同じなのかと、わたしは思いめぐらした。

その日、ボルドーの母から、リラに会いにきたいと電話があった。一週間パリにいるつもりだが、わたしのところに泊めてもらえるか、それともホテルに泊まったほうがいいかとたずねてきた。夫と相談して、明日改めて電話するとわたしはこたえた。そして、ひとこと挨拶をとヴァンサンに受話器をわたした。ところが、彼は月曜日まで待たずに言った。

「お義母さん、申し訳ありませんが、今回はほかに泊まってください」

母にいらいらと告げるのを聞いて、わたしは爆発した。

「いったい何様？　失礼な人ね」

電話を切るなりわたしは怒鳴って、彼がとっておくことにしたプレゼントのひとつを彼の顔に投げつけた。その声でリラが目を覚まし、火がついたように泣きだしたので、ますます気まずい雰囲気になった。なんとか泣きやませてリラをベッドに連れていったとき、わたしは自分が越えてはならない一線を越えてしまったのを悟った。ヴァンサンはその夜ソファーで眠り、わたしはダブルベッドでリラを抱きしめて眠った。

母は、わたしたちのアパートから数ブロックのところにあるホテル・ドゥ・ラ・ペに泊まった。ヴァンサンが出勤するとアパートにやってきて、一日じゅういっしょに洗濯や掃除やリラの世話を手伝ってくれた。母とわたしはいつになく親密な時を過ごした。午後七時前には赤ん坊を寝かせ、お茶を飲みながら所帯を持つことの難しさを語り、親類たちもみなどんなに苦労してきたかなどおしゃべりした。母は三人の子どもを育て、ここまで生きてきたのだ。わたしは生まれてはじめて母の忠告をなんでも聞こうという気になった。母は滞在中、一日としてヴァンサンが帰宅するまで家にいようとしなかった。しかも、自分がそこにいた痕跡を、これでもかと言わんばかりに丹念に消していった。一方ヴァンサンは、母の訪問をいいことに、いつもより遅くまで残業してきた。母がホテルにひきあげると、わたしはテレビの前で夕飯を食べた。もはや魚たちにはほとんど目もくれなかった。長いこと水槽を見ていると気分が悪くなった。衝突せずにはいられない彼らの性《さが》が悲しかった。母が来てからヴァンサンは、ベッドに入って本を読んでいるか眠りこんでいるわたししか見ていなかった。その状況が夫婦にとって理想的ではないのはわかっていたけれど、少なくとも平穏だったから、そんな日々が続くためなら、わたしはなんだってしただろう。土曜日の十時ごろ、母とわたしは駅に父を迎えにいった。何日かわたしたちとこちらで過ごし、もちろん孫娘のリラの顔を見ようとやってきたのだ。その週末は、三月のパリにしてはめずらしく天気がよかった。わたしたちは長時間外に出て、マレ地区やヴォージュ広場を歩いた。日曜日にはリラをはじめてリュクサンブール公園に連れていった。けれども、ヴァンサンはどこにもついてこなかった。父母を見送りにすら来なかった。両親が帰っても、わたしたちの関係はよくならなかった。ヴァンサンはあいかわらず夕食が終わったころに帰宅し、最初は例外だったその行動が、やがて日常化していった。

ちょうどそのころ、わたしの産休が終わった。復帰の相談のために職場に電話をかけると、どこかはっきりしない会話のあと、代理の要員が来て、事情がこみいっていると説明された。代わりに来たのは、どうやら有能な若い子らしかった。はっきり言われはしなかったが、仕事より優先順位の高いことをかかえた女の弁護士など雇いたくないのだとわたしは悟った。所長と話させてくれと頼んだが、出張中だった。

それからというもの、家庭生活は耐えがたくなった。ワーキングマザーになるまでの一時的なことではないと思うと、今の暮らしはまるで果てしない牢獄のようだった。自分が不幸で、ひどく孤独に感じられた。イースターの休暇が近づいていた。街頭やバス停やテレビの広告で、旅行会社がカリブ海やインド洋の海辺でくつろぐ幸せな家族の図をばらまいている。ヴァンサンには一週間休みがあったので、パリを出てどこか行かないかともちかけた。ところが、言い終わるなり、気でも狂ったかとばかりに睨みつけられた。

「どこにそんな金があるんだよ。きみが仕事に復帰できるかもわからないのに」

そこで、うちの実家に泊まって南西部を旅行しては、と水を向けてみた。

「リラを連れて一人で行っておいで。少し太陽にあたってきたらいい。ぼくは家にいるから」

皮肉な響きは感じられなかったので、わたしはそうすることにした。

リラと二人、ボルドーで過ごした一週間は、まさに天国だった。朝起きてから夜寝るまで、両親が何もかもやってくれた。わたしは数か月ぶりでぐっすりと眠り、たまった疲れがすっかりとれた。兄や姉も、それぞれ子どもを連れてやってきた。プールで泳ぎ、復活の日曜日には、イギリスでやるようにチョコレートの卵さがしをした。ほとんど毎夕、ヴァンサンはリラはどうしているかと電話してきた。電話の声は、リラが生まれる前のようにやさしくあたたかかった。おたがい骨休めできてよかったとわたしは思った。牧歌的な空気に包まれて、わたしは法律事務所のことを忘れ、心から晴れやかな気持ちになれた。けれど、やがて帰るときがきた。どうしても戻らなければならないわけではなかったし、仕事や日常をとりもどしたいわけでもなかった。両親はわたしたちがいるのを喜んでくれていた。だからパリに戻ったのは、ヴァンサンといるためだった。彼は妻と娘を抱きしめたがっていたし――少なくとも電話ではそう言っていた――、わたしは彼とやりなおしたいと思っていた。列車が走り出し、手を振る両親が窓から見えたとき、わたしは必死で涙をこらえた。

ヴァンサンは駅まで車で迎えにきてくれた。終始にこやかだったけれど、どこか表情がぎこちなかった。九時ごろだっただろうか。もちろん外は雨だった。街灯の光が石畳に映っていたのを覚えている。リラはチャイルドシートで眠っていた。「元気だった？　列車はどうだった？」とお決まりの質問の後、ヴァンサンは家に着く前に言っておかなければならないことがあると告げた。

「魚のことなんだけど、おとといけんかをして、どっちもかなりひどいことになった」

金曜日の朝、見ると、二匹とも水槽にぷかぷか浮いていたらしい。

「どうすりゃいいかわからなかったけど、ともかく離さなきゃと思って、オスを網ですくって、ポーリーヌがくれたガラスの金魚鉢に入れておいたよ。明日、専門家にみてもらおう」

「メスが発情してたの、知ってた？」。原因をさぐろうと、わたしはたずねた。「メスのからだに線が出てたでしょう？」

けれどもヴァンサンは、オスは前みたいにひれを広げてなかったと言った。

あのアパートに住んでいた年月のあいだで、あのときほどしょげているヴァンサンは見たことがなかった。水槽から腐敗臭がする気がした。二匹とも確かに傷ついていたけれど、車で言われたときに想像したほど、ひどそうではなかった。

その夜とその後の数日、何よりせつなかったのは、わたしたちの魚がわかれわかれになっているのを見ることだった。どちらもしょんぼりし、相手を恋しがっているように見えた。

「こんなにりっぱな水槽に入れているのに、どうして仲良くできないのかしら」

キッチンのカウンターに置いた金魚鉢の中を、狂ったように泳ぎまわっているオスを見ながら、ある午後、ヴァンサンにたずねてみた。

「スペースじゃなくて、もともとの性分の問題じゃないか。闘魚だから」

ヴァンサンも、結構そのことを考えていたようだった。

「もっと狭い水槽でだってのびのび過ごせる魚もいるのにな。そういう魚なら、日差しにあふれる明るい宇宙にいるみたいに、金魚鉢の生活を楽しむだろうに。だけど闘魚は、どんなに大きな水槽でも窮屈で、パートナーにさえ脅かされているかのように感じる。相手の存在がプレッシャーになる。でまかせじゃないよ。きみが図書館で借りてきた本で読んだんだ。そういえば、あの本、返してきた？　一日延滞するごとに、どれだけ罰金が加算されるか知ってるだろう？」

「ドラマチックよね」。わたしは、真剣そのものでこたえた。「だってこの魚たちは愛しあってるのに、いっしょに暮らしていけないんだもの」

どこからわたしはそんな結論を引き出したのか。ペットショップの店員は、この二匹をどんな基準で選んで金魚鉢に入れ、ポーリーヌに持たせたのだろうという疑問が頭をかすめた。たぶんたまたまだろう。ただオスとメスというだけで選ばれたのだ。同じ水槽で生まれて、前から顔見知りだったのか。それとも、そのせせこましい金魚鉢におしこまれるまで、一度も会ったことがなかったのか。魚の世界にも運命はあるのだろうか。

たわごとと思われるだろうが、わたしたちの魚はわかれわかれになって苦しんでいる、絶対そうだとわたしは思った。以前メスの恐怖やオスの傲慢さを感じたのと同様にはっきりと、わたしはそう感じた。メスが子どもをつくりたがらなかったとしても、住まいを共にするうちに、二匹のあいだにある種の愛情か依存心が芽生えてもおかしくない。だから、けんかのあと、あれほどしょんぼりしているのだ。

オスは数日間、隠れる石ひとつない、五リットルばかりの水の中に入れられたままだった。とりあえずそこに入れておいて、どうするかはあとで考えようということでわたしたちは意見が一致した。ところが、あいかわらずヴァンサンの帰りは遅く、その週のあいだ、わたしたちが魚たちの行く末について話しあう機会はなかった。木曜日の夕食のとき、ようやくその話題を持ち出したが、

「彼らのことをぼくらが勝手に決めるのは、正直行きすぎの気がするんだよな。家族の問題を法廷にもちこむみたいでさ」と言われて、わたしは黙りこんだ。

冗談まじりというより、逃げ口上に思えた。さもありなんだ。何か月ものあいだ彼は、答えをはぐらかし続けてきたのだから。

金曜日、もうがまんできず、わたしは突発的な行動に出た。ポーリーヌの金魚鉢をかか

えあげ、オスを夫婦用の大きな水槽にポシャンと戻したのだ。それから、ガラスに顔を近づけてどうなるか様子を見守った。水がしずまると、オスは下の方の、本棚の棚板から数センチのところに泳いでいき、そこで動かなくなった。一方メスは、なんの変化もなかった。オスに近づこうとせず、じっとしていた。だんだんとオスは活発さやふだんの習慣をとりもどしていった。底の水草のあいだをぬって長いこと泳ぎまわり、水面にえさをまくやいなや、いちはやく魚雷のごとくあがってきて、おなかに入らなくなるまでむさぼった。

わたしの雇用問題について法律事務所の所長が見つけた解決策は、産休を延長し、新たな有給休暇をつけることだった。そのために、わたしは産後うつをわずらっていると自己申告する書類にサインをさせられた。医者の診断書は事務所がとりよせた。わたしはなんとも言いようのない心もとなさを味わった。所長の好意はありがたかったが、そこにはわたしの仕事ぶりへの評価はみじんも感じられなかった。弁護士として無能で使いものにならないと思うなら、これまで四年も働かせてこなかったはずだ。でも、そう思うだけでは不十分だった。不当に扱われたという感覚をどうしてもぬぐえなかった。性差別だと訴えようかと思いもしたけれど、いつまでかかるかわからない、先の見えない闘いをいどむ気力はなかった。ヴァンサンは、それほど悪い話とは思わなかったようだった。給料にかなり近い手当を、事務所が提示してきたからだ。

「六か月の休暇だと思えばいいじゃないか」。そう言って慰めた。「そのあいだに別の仕事をさがせばいい。もっといいのが見つかるさ」

医者の診断は、しまいに現実のもの、あるいはそれに近いものとなった。わたしはもちろん産後うつではなかったが、すっかり気持ちがふさいで、しじゅう不機嫌になった。奇妙だったのは、出産したわけでも失職したわけでもないヴァンサンも同じ様相を呈したことだ。もっと大きな不幸——どちらかの親が死ぬとか、子どもが重病になるとか、経済基盤を失うとか——にみまわれたなら、強い絆で心が結ばれたり、ふだんとは違う視点から物を見たりできたかもしれない。けれども、ヴァンサンとわたしの関係は、淀んだ水の中で緩慢な腐敗の一途をたどった。わたしたちは笑わなくなり、二人でいてもちっとも楽しくなくなった。その数週間にヴァンサンに持てた最もポジティブな感情は感謝だった。夕飯を作ったり、わたしが女友だちと映画に行けるように家でリラをみていてくれたりするたび感謝した。交代してもらえるのはとてもありがたかった。我が子は愛おしく、いっしょにいるのは楽しい。でもわたしには一人で静かに過ごす時間、一、二時間でいいから自分をとりもどせる自由なひとときや息抜きが必要だった。家族三人になってから、世界は前のようにはおさまらなくなった。この新たな形態において、夫婦に残されたものを父性が食いつくすさまは驚くばかりだった。闘魚のように現状に満足できない、不幸にとりつかれた者にとって水槽は、いくら広くても川や池と比べればあまりにも狭かった。人間の頭脳もよく似ている。狭いところに押しこめられると、陽気な思考や美しい現実の入りこむ余地が失われる。そんなわけで、続く数か月というもの、わたしたちはいつでも人生の暗い面ばかりを見ていた。自分たちの赤ん坊のことも、赤ん坊がいることのすばらしさも十分に喜べず、日がのぼることや自分たちが健康なこと、共にいられる幸運といった、無数のささやかな幸せにも気づかなかった。

五月の末、夜も暑さでむせるようになりはじめたころ、リラが胃腸炎で四十度の熱を出した。ヴァンサンは何度かオフィスから電話でリラの様子をたずねてきた。ちょうど監査官が来ていて、すぐ帰宅できないらしかった。

「今日は遅くなる。でも、心配しないで。帰ったら交代するから、きみも休んだらいい」

わたしは片手で受話器を持ち、もう片方の手でリラをプラスチックのベビーバスに沈め、解熱剤を使わずになんとか熱を下げようとしていた。彼の声の調子や、がやがやしているまわりの様子を分析できるほど頭が働いていなかった。けっきょく、それから何度も連絡をとろうとしたけれど、彼は二度と電話をとらず、生きているかどうかもわからなかった。沈黙は朝六時まで続いた。そうこうするうちにリラの熱はどうにか下がり、夜中過ぎに寝ついたけれど、わたしはおろおろと立ったり座ったりしながらヴァンサンを待った。だから、とうとうドアの鍵穴に鍵がさしこまれる音が聞こえると、心から言った。

「すごく心配したわ。いったいどこにいたの？」

一週間のやっかいな会計監査が終わったので、同僚たちと打ち上げに行ったのだとヴァンサンはこたえた。三十分だけで、一時には家に帰るつもりだったが、飲むうちに帰ろうという気がうせていったらしい。

「一度も呼び出し音は聞こえなかったよ。表示も出なかったし」

何かあったのではという悶々とした苦悩が消えると、ここ数か月のあいだにつもりつもったフラストレーションが押しよせ、怒りがわきあがってきた。わたしはひとことも口をきかずに、テーブルの上にあった皿や花びんを次々と床にたたきつけはじめた。

「気でも狂ったか？　おい、やめろ！」。思いとどまらせようと、ヴァンサンが声をあげた。

　だが、なじられ、怒鳴られても、腹だちは増すばかりだった。

　その翌日からヴァンサンはリラの部屋におさまり、わたしは夫婦のベッドルームで毎晩リラと寝るようになった。そのときから、わたしたちは夫婦であることをやめて、ただの同居人になったと言ってもいい。それから二週間のあいだに、ヴァンサンは何度も深夜に帰宅した。服を着替えに戻らない日さえあった。わたしは食器を割らないかわりに、彼をなじる習慣を身につけた。わたしの心は、恨めしさとどうしようもない寂しさのあいだを揺れ動いた。いつかこの状態を抜けだせるだろうか、もし抜けだせなかったら、わたしたちはどうなってしまうのだろうと自問しつづけた。少なくともわたしには、先のことは何も見えなかった。

　そんなわたしたちをよそに、その間、魚たちは終始穏やかで、不和の気配ひとつなかった。そのころ、世話はわたしがしていた。暑さと苦悩で、早朝、リラやヴァンサンより早くに目が覚め、自分の入れられた器の中をぐるぐるとまわった。ある朝起きると、なんの前触れもなしに、メスがぷかぷか水面に浮いていた。ひれがぼろぼろで、片目がとびだしている。ひと目で死んでいるとわかった。オスもけがをしていたが、まだ底の水草のあいだを動けていた。何も言わずにわたしは開いた窓のところに行き、金属製のブラインドをあげて外の新鮮な風を入れた。アパートの中庭はネズミの巣のようだった。下で学生のカップルが軽トラックから引っ越しの荷物をおろしている。いったいどのくらい、彼らの動きや期待に輝く顔をぼんやりながめていただろう。シャワーも、ヴァンサンがエスプレッソメーカーをセットする音も耳に入らなかった。ドアのほうに歩いていく姿が目の隅に入ったので、起きているのはわかっていた。わたしが泣いているのを見ると、彼は窓辺に来て、頬にキスをして言った。

「行ってくるよ。遅刻しそうだ。帰ったらゆっくり話そう」

リラが三か月になると、サン・タンブロワーズ通りの保育園で預かってもらえることになった。保育時間は八時から四時半だった。心の底からの解放感。最初の朝は二人で預けにいった。帰りに、レピュブリックにあるペットショップの前を通った。寄って、ベタを一匹買っていかないかと、わたしはヴァンサンに声をかけた。

「買うならオスだな。すぐに代わりのメスをあてがうのもなんだし、少しとっちめてやるのもいい薬だ」。ヴァンサンが言い、「おとなしそうなのにしよう、好戦的なのじゃなくて。無関心で、自分から何もしようとしないようなの」。わたしも言った。

わたしたちはショップにいる魚のなかから、ひれが青みがかったのを選んだ。名前が行動に反映するのを期待して、〈オブローモフ〉と呼ぶことにした。ヴァンサンもわたしも、どうしてそこまでベタを飼いつづけようとしたのだろう。あれほど苦い思いをしたのに、なんでもっと仲の良くできる魚を飼おうとしなかったのか。でも、わたしたちが求めていたのは、メスに先だたれたオスの新しいパートナーだった。これまでもこれからも、彼がなれるはずのない姿を見せつけ、あやまちを教えてくれるほかの魚をほしいわけではなかった。わたしたちは新しい魚を別の金魚鉢に入れることにした。オスのベタは、たがいの姿が見えるようにしてべつべつの水槽に入れておくとはりあって、遺伝子がゆるす限り鮮やかな体色になるらしかった。なるほど、オブローモフはその小さな金魚鉢でみごとに花開いたようだった。が、やものオスはそうはならなかった。日に日に弱っていき、二週間後にはメスと同じように水面にぷかぷかと浮くことになった。オスが死ぬと、わたしたちは大きい水槽を片づけ、地下室に持っていった。本棚をもとにもどし、わたしのさまざまな版の法令集をまた並べて、すきまを埋めた。

オブローモフはそのまま、居間のコーナーテーブルにおいたガラスの金魚鉢で暮らしつづけた。実のところ、ヴァンサンとわたしは彼のことをすっかり忘れていた。彼の成長や行動に目もくれず、ときおり気が向くとえさをやるだけだった。わたしが家を出てボルドーに行こうと決めたのはそのころだった。ボルドーで職をさがして、見つかったらリラと引っ越すつもりだった。町なかからそれほど遠くない、広いアパートがいい。当面のあいだは実家に住もう。ヴァンサンにそれを話した。リラに会いたくなればいつでも来ればいい。距離をおくことで、たぶん自分たちの気持ちがはっきりするだろうし、もしかしたらあなたも引っ越す気になるかもなどと、もう今は覚えていない出まかせを並べた。話しているあいだ、金魚鉢の中で時計と反対まわりにぐるぐる泳いでいる赤い魚を、わたしはちらちらと見た。

昨日の午前中、自分の本を段ボールにつめた。あわてていたので、図書館の本も入れてしまった。冬物の服は金属製のスーツケースに入れた。以前、今よりずっと狭いアパートにいたとき、何年もテーブルがわりにしていたかばんだ。午後、保育園にリラを迎えに行く前に、どちらの所有物かはっきりしない、置いていく本を点検した。わたしは本棚と自分の部屋とのあいだを数えきれないほど何度も往復した。荷造りが終わったとき、オブローモフは死んでいた。ヴァンサンとわたしが別れても、誰も驚かなかった。そういう不幸をみな期待していたのだと今はわかる。どこかの国の財政破綻だとか、終末期の病人の死のように。事態が好転する可能性に何か月もしがみついてきたのはわたしたちだけだった。けれど、よくはならなかったし、わたしたちの性格からして、これからよくできるはずもなかった。わたしたちは無理やり結婚させられたわけではなかった。家族の水槽から勝手にすくいあげられたわけでも、同意なくその家に押しこめられたわけでもない。自分でそれを選び、なんらかの理由で、少なくともそのときはそれが一番だと思ったのだ。別れる理由ははるかに曖昧だったが、くつがえせないのは同じだった。

ゴミ箱の中の戦争

メキシコのバジェ大学で生物学の教鞭をとるようになって十年以上になる。ぼくの専門は昆虫だ。ラボや教室に入ったとき、ぼくはいつも隅っこに行きたがると、研究仲間から指摘されたことがある。また、道の真ん中より、塀ぎわを歩くほうが安心できる。これといった理由は説明できないが、その癖には、きっとぼくの気質が深くかかわっているのだと思う。昆虫に興味を抱くようになったのはまだ子ども時代、幼年期から思春期に移行する十一歳のころだった。両親の仲が破綻したあと、父も母も自らが引き起こした事態の責任をとれる精神状態になかったので、ぼくは母の一番上の姉であるクラウディネ伯母のところに預けられることになった。伯母はごく普通の家庭を築き、身ぎれいで行儀がよく勤勉な二人の息子がいた。アメリカかぶれの中産階級の住宅地と父がいう地区にある伯母の家を、ぼくはよく知っていた。生まれてこのかた、十一年間ぼくが暮らしてきたあたりとはまるっきり環境が違う。ぼくのうちとは、どこからどこまで正反対だった。ぼくたちが住んでいたのは、ローマ地区のさびれた一角にある、今でいうロフト、当時アトリエと呼ばれていたワンルームで、日差しが入らないようにかけてある布――ほとんどがインド綿――のせいで、現像用の暗室のようだった。偏頭痛もちの母が、長時間日差しが入るのに耐えられなかったからだ。一方、伯母の一戸建ての家には大きな窓があって、従兄たちがピンポンをできる庭もあった。ぼくの家では、掃除は家族三人で分担していたが――ただし、誰もまじめにやらなかった――、伯母のところには、物静かでやさしいイサベルという住み込みのお手伝いさんがいた。イサベルは、母親のクレメンシアとともに屋上の女中部屋に住んでいた。伯母の家にいたあいだに、ぼくはこの二人から、学校で学ぶよりもずっと多くのことを教わった。無理もない。両親の夫婦げんかやどなり声にさらされてきたぼくの耳はざるの状態になっていて、小数点の割り算だのイネ科の単子葉植物だのといった、生きのびるために不可欠ではない知識は、頭のすきまからこぼれおち、忘却のかなたへと消えていったからだ。

あの朝、両親は相当努力して、ぼくを伯母の家に連れていってくれたのだと思う。何か飲んでいかないかと声をかけられたら、ふだんなら決して断らない両親が、その日は二つのスーツケースを伯母の家の玄関に置くとそそくさと立ち去った。その前の晩、ぼくは父から、父と母は、教育を含めさまざまなことで考え方がまったく違うと説明された。話し合いが決着すれば、ぼくはどちらかの家を選んで引っ越し、夏休みはもう一方のところで過ごすことになると。内戦の被害者を見るような好奇の目でこれまでぼくがながめてきた、離婚家庭の子どもがしているように。その夜、母は何も言わなかった。ただ、お気に入りのカーペットの上で膝をかかえ、いつものようにその膝に顎をのせていたのを覚えている。伯母の家がある住宅街までぼくを車で送っていくあいだ、父も母もそれ以上話さなかった。伯母夫婦と目を合わせないようにして挨拶すると、いい子にしていなさい、よく言うことをきくんだよと、聞こえよがしに言った。そして、いつ迎えにくるとも、次はいつ来るとも言わずに、車に乗りこんで走り去った。

クラウディネ伯母はぼくの手をとり、そのあとぼくの居室になった部屋に連れていった。イサベルとクレメンシアが住む女中部屋と台所のあいだに位置する、屋上の小部屋だった。こんな狭苦しいところに押しこんで申し訳ないけれど、いきなり言われてもほかにあいている部屋がないのだと、伯母はぼそぼそ言い訳した。けれども、ぼくはいやではなかった。まわりをよく観察する質《たち》の子どもだったぼくは、きちんと片づいた家に住む利点をすぐに理解した。一人部屋をもつのは生まれてはじめてだった。両親のロフトは、屏風や紙ののれんで仕切られているだけのワンルームだった。一人になると、ぼくはドアを閉めてカーテンを引いた。ベッドを動かし、かばんからとり出した自分の服を、本式の引っ越しのようにたんすのひきだしにしまっていった。母はぼくの荷造りをしながら、伯母の家にいるのはほんのしばらくのことだから、全部の服は持っていかなくていいと言った。「ママはあなたのパパとたぶん仲直りするわ」といつものはっきりしない口調で言ったのを覚えている。だけどぼくは、もう決まったこととして変化に臨むほうがよかった。その午後、少し年が上の従兄たちが離れにあがってきて親しげに挨拶したが、本心だったかは怪しい。その後何か月も、二度とそのような愛想のよさは見せなかったし、二人ともさっさと自分の部屋にもどって夕飯の時間まで出てこなかった。一月だったが、もう寒くはなかった。その週末は陽だまりの中にいるようだった。誰も声を荒らげない場所がこの世にあるとは驚きだった。言い争いは、女中部屋の窓から聞こえてくるテレビの音のなかにしかなかった。

ぼくはクラウディネ伯母のことはほとんど知らなかったし、伯父のことはさらにわからなかった。伯母は、母が「昔ながらの女性」と呼ぶ女性そのものだった。つまりジーンズもインド綿のスカートもはかず、マリファナも吸わず、英語の歌も聞かない。世界情勢にはこれっぽっちも興味がなく、家のことやプライベートクラブの集まりのことしか頭にない。母とはまるっきり違った。父が言うには、母は一日に一つのことしかまともにできない人だった。買い物をしたりチラシをかたづけたりしたら、その日はそれだけ。しょっちゅう鍋をこがし、洗濯機の中にシーツを忘れてだめにし、アパートの鍵をさしっぱなしにした。要するに、どうしようもないだめ人間だった。でも、救いようがないけれど信じられないほど愛情深い母に、ぼくはべったりくっついて育った。ぼくが覚えている限り、親戚の集まりはいつも伯母の家が会場になった。母によると、親戚たちはぞっとすると言ってうちのアパートには寄りつかなかった。伯母夫婦は、両親の状況への憐れみとぼくの育てられ方への不安を抱きつつ、ぼくを受け入れたのだった。

伯母は現実的な人だったので、面倒を避けるためにぼくを転校させた。そこでぼくは、もとの学区の小学校ではなく、従兄たちと同じアメリカンスクールに通うことになった。新たな住まい同様、学校もいくつかの階層に分かれていた。従兄たちもそうだが、金髪の生徒の大半はアメリカ部で学び、ぼくはメキシコ部に通った。メキシコ部はアメリカ部よりも授業料が安く、授業はスペイン語で、教室は校舎の一階の一番うす暗いところにあった。毎朝、スクールバスが迎えにくるとき、従兄たちはバスの後部座席に陣どり、退屈しのぎに前方にいるぼくのクラスメイトたちをからかった。

二か月後、伯母が父に電話で話したように、確かにぼくは新しい環境にぜんぜんなじもうとしなかった。家族の会話にもっと加わろうとしたり、血のつながったほかの親戚がやってくる日曜日の食事にもっと顔を出したり、従兄たちが土曜日の午前中に通っていたクラブに自分も入れてくれと頼んだりしてもよかっただろうに。せめて従兄のどちらか片方と親しくなるか、どちらがましか調べることくらいできたはずだ。でも、そういうことはせず、ぼくはほとんどいつも自分の部屋にとじこもって、天井のひびわれをぼんやりとながめたり、家政婦のイサベルと母親のクレメンシアがしている、主人の家族のうわさ話に耳を傾けたりしていた。

ぼくの部屋は、女中部屋と家族の居室のあいだにあり、それは伯母の家という宇宙におけるぼくのポジションをよく体現していた。はっきり口に出しては言われなかったが、食事の時間にぼくは、自分のふるまいやテーブルマナーが不快に思われているのを感じた。伯母は息子たち、特に弟のほうには、口に物を入れてしゃべるなだの肘をおろせだのと、ひっきりなしに注意した。そのくせぼくには何も言わないので、従兄たちはぼくへの反感をつのらせた。それもあって、ぼくは彼らと時間をずらして昼食をとるようになった。学校から帰ると自分の小屋にあがって宿題をし、イサベルが残り物を冷蔵庫に片づける直前に台所におりた。夕飯のときも、みんなが食堂から出ていくのを待ったが、時には屋上まで料理の匂いがたちのぼってきてつらかった。みんなが行ってしまうと、ぼくは台所の電気をつけてサンドイッチをつくり、イサベルが置いてくれているホットチョコレートを飲んだ。誰にも邪魔されないパラレルワールドで暮らす幽霊よろしく、夕飯も一人でとった。その時間帯のひっそりとした台所がぼくは好きだった。ときどき、あたたかいチョコレートをすすっているときに、イサベルの痕跡を見つけた。買い物のリスト、福音教会のパンフレット、テレビドラマのガイドブック。そういった紙きれに書かれた、イサベルのへたくそな文字やあやしい綴りを観察しておもしろがった。夕飯を食べ終わると、自分の使った食器とナイフやフォークを洗ってから、女中用のバスルームに行ってからだを流した。バスルームには、イサベルと母親が残した湯気とニベアクリームの匂いがこもっていた。

土曜日は、従兄たちがテニスクラブに通うあいだ、ぼくは、イサベルが一週間分の買い物をしにメルセー市場に行くのについていった。伯母の家から数ブロック先でバスに乗り、そのあとベルティス通りを走る別のバスに乗りかえる。それまで両親と買い物をしていた、ロフトと同じ通りにある小さなスーパーより、メルセー市場はだんぜんおもしろかった。その外出で何より楽しみだったのは、バスの移動とバスに乗りあわせた人たちだった。あらゆる階層の老若男女が同じバスに揺られ、からだをぶつけあう。さまざまなやり口の物乞いがいたし、なかには手足の不自由な子どもやつんとすましたご婦人もいた。一度、武器を持ったピエロにバスの運転手が脅され、手下がさしだした袋に乗客全員が持ち金を入れさせられたこともあった。イサベルも買い物が好きだった。家を出るなり上機嫌になり、何かが目に留まるたびに、ぼくにしゃべりかけてきた。そんな調子で市場でも明るく、どの店でも巧みに値切っていった。

あの家の中で、誰より周囲に対して慎重に立ちまわっていたのは間違いなく、イサベルの母親のクレメンシアだった。ぼくでさえ彼女にはかなわなかった。彼女は誰とも話さず、伯母一家と顔を合わせないようにし、従兄のどちらかと階段で鉢合わせしても絶対に声をかけなかった。夜、女中部屋でイサベルとささやくように話す声しか聞いたことがなかった。だけどときどきぼくが寂しかったり悩んだりして、部屋の中をうろうろしていると、クレメンシアは、ガスボンベの裏でイサベルに隠れて吸っていたタバコをぼくにさしだしてくれた。ぼくはいっぺんも受け取らなかったけれど、クレメンシアが吸うあいだ、そばにいた。両切りのデリカドスの匂いは、両親のロフトを思い出させた。

イサベルが料理上手だったからか、台所に食べ物があり余っていたからか、それとも単に適当にすませていた食事では足りていなかったからか、ぼくは伯母の家に来てから意地きたなくなった。何かを食べようと、時にはひと晩に何度も部屋を抜けだし、コカコーラやビスケットの袋、ジャム入りのヨーグルトなどをとりに台所におりた。誰にも見られも聞かれもせず家の中を動きまわるときの解放感は、今でも鮮明に思い出す。前にも言ったが、壁際を歩く癖は、あのときについたのかもしれない。

ある明け方、牛乳を飲もうと台所におりたときのことだ。巨大なこげ茶色のゴキブリが、食器棚の前にいた。ゴキブリは、じっとこちらの様子をうかがっているようだった。その視線には、ぼくがそいつに感じているのと同じ驚きと不信感が感じられた。次の瞬間、ゴキブリはすさまじい勢いでそこらじゅうを走りまわりはじめた。ゴキブリから滲み出る緊張感に、吐き気と同時に親近感を覚えた。それとも親近感ゆえに反発を覚えたのか、よくわからない。ともかくぼくはコップをテーブルに置くと、怯えきって自分の部屋に駆けこみ、そのあと眠れなくなった。二つのことが頭から離れなかった。ただの虫けらに対する自分の臆病な行動と、テーブルの上に残してきた牛乳のコップのことだった。さんざん迷ったあげく、ぼくは勇気を奮いおこしてもう一度下におりた。すると、まだゴキブリは床の上にいた。今度は恐怖よりも、限りない嫌悪を覚えた。ぼくは片足をあげると、室内履きのかかとを寄木細工の床に押しつけた。クシャッという乾いた音が、夜の静けさのなかでひどく大きく響いた。ぼくが上に戻ろうとしたとき、いきなりクレメンシアの不機嫌な声がした。

「拾わずにそのままにしていったら、一族郎党がその子をさがしにくるよ」

クレメンシアはそっとかがんでゴキブリの死骸を片手でつまみ、紙ナプキンにくるんだ。弔いの儀式のように、どこか厳かな所作だった。それから、両隣と共用の裏庭に面した戸をあけて、ゴキブリを植木鉢の中にほうった。

ぼくたちは無言で階段をのぼった。屋上に着くとクレメンシアが嘆いた。

「なんであんなことをしたんだね」。そして、ほとんど独り言のように言った。「今に、そこらじゅうに侵入してくるから覚悟しておくんだね」

ぼくはそのあと自分のベッドでもんもんとそのことを思いめぐらした。十一歳の子どもでも、クレメンシアの言ったことは常軌を逸しているように思えた。だけど、彼女の言うとおりだったら、ぼくたちはどうなってしまうのだろうと、うとうとしながら考えた。ゴキブリの家族とはどんなふうなのだろう。どんな義理や人情で結ばれているのか。地球全体に一つの一族が果てしなく広がっているのか、それともいろいろな家系があるのか。ようやく眠りにつくと、ゴキブリの葬列の夢を見た。みなに愛されていたヒーローか詩人のように、ぼくが踏みつぶしたゴキブリは、おおぜいのゴキブリたちの中央に横たわっていた。こいつらは一生ぼくを許さないだろうと、ぼくは確信した。

クレメンシアは間違っていなかった。それからいくらもしないで、ゴキブリがクラウディネ伯母の家を侵略しはじめた。領土を占領しようとするバイキングのように、集団でわっと押しよせてきたわけではない。秘密裏に行動するゲリラよろしく、食器棚に、続いて台所全体にこそこそ入りこみ、占拠していった。数日後、イサベルが伯母を呼んでそれを伝えるところにぼくは居合わせた。物静かな伯母が、いかめしい顔を引きつらせるのがわかった。自分のせいだという思いが、ぼくの頭で渦巻いていた。伯母はイサベルを首にするかと思いきや、そうはせず、ようやく口を開くと、ゴキブリの撃退作戦を提案した。まずはごく普通の毒物からはじめましょう、七十二時間経っても効果がないときは、プロの消毒業者を呼びましょうと。イサベルは兵士のように両足をそろえ、直立したまま、深刻な面持ちでうなずいた。伯母は立ち去る前にドアのところで立ち止まり、シナノキのハーブティーを入れてベッドルームにもってくるよう頼んだ。

「誰にも言うんじゃありませんよ。これはわたしたちだけの秘密です」

けれども、伯母は最初の計画どおりにやらなかった。近所の手前、自尊心か羞恥心が働いたのだろう。けっきょく、消毒業者は呼ばれなかった。かわりに、それから数週間というもの、ゴキブリ退治のためのありとあらゆる薬やしかけが家じゅうに置かれた。一番すごかったのは、べたべたしたゴム状のものだった。それにかかったゴキブリは、硬い翅の一部や、時には脚を残していったが、残念ながら死にもしなければ生殖能力も失わなかった。脚をもがれようと、ゴキブリはどんどん繁殖しつづけ、食器棚やスパイスの戸棚に入りこんだ。伯母が策を練り、イサベルが実行する。イサベルは、このゴキブリ事件を好機ととらえた。伯母一家への自分の忠誠を示す絶好の機会だと。ぼくも共感し、イサベルと団結してこの戦争に挑んだ。毎晩、彼女が家のすみずみに、ゴキブリを撃退する効果があるとされる白い無臭の液体をまくのを手伝った。ところが、その薬で死んだのは、ぼくらの眼中にないネズミだけだった。

クラウディネ伯母はスプレー派だった。息子たちも夫も家にいないときに、マスクをし噴霧器をかかえて廊下に現れた。その姿は雄々しく、大口径のライフルをかかえた兵士を思わせた。スプレーの音はぼくの部屋まで届き、背筋が寒くなった。イサベルと伯母は、ゴキブリのことしか話さなかった。虫のことしか頭にないようだった。それにひきかえ、従兄たちはいっさいその話題にふれなかった。クラウディネ伯母がやっきになって彼らを遠ざけているからか、それともとぼけたふりをしているだけかとぼくは不思議がった。今思えば、知っていたが、母親の神経を逆なでしないためか、単なる無関心から知らんぷりをしていたのだろう。対策を強化するにあたって伯母がおおっぴらに話すまで、二人ともゴキブリのことを話題にしなかった。

「食べ物にもっと気をつけてちょうだい。居間やテレビの部屋によごれたお皿を置いておかないで。床にパンくずひとつ残さないこと」

従兄たちは、伯母が要求する衛生対策をすべて几帳面に実行した。違和感を覚えつつ、ぼくもそうした。以前は校庭でクモやバッタを見かけても気にもとめなかったが、今はそういった虫に自分の生死がかかっているかのように思われた。まもなく従兄たちに伯母の意気込みが伝染した。バスルームや居室のカーペットの上にゴキブリが一匹でも現れると、そのたびにイサベルとぼくを含めて、全員がよってたかって追いまわした。そこにはもはや階級差はなく、種と種のあいだの闘争あるのみだった。ゴキブリはひきだしや戸棚だけでなく、ぼくたちの意識のあらゆる隙間に入りこんできた。ゴキブリに悩まされたことのある人なら、ぼくが大げさに言っているわけではないのがわかるだろう。ゴキブリというのは、最後には強迫観念になるものなのだ。

ただクレメンシアだけは、狂騒から離れたところにいた。あの最初の夜にゴキブリをさっと拾いあげたことを思うと、その態度は不可解だった。ぼくらの敵について、彼女が多くを知っているのは間違いないのに、何も言おうとしない。

「だから金持ちはいやだよ。いつでもつまらないことで騒ぎ立てる。毛虫がふってきたわけじゃあるまいし」とぼくらの残忍さを皮肉るだけだった。

ゴキブリへの攻撃の中心になっているのが自分の娘だということは棚に上げて。

あの晩のクレメンシアの口ぶりでは、少なくとも葬送について、ゴキブリには彼らなりのきまりや儀礼があるようだった。彼らの行動をもっと体系的に観察して、退治の手がかりを引き出すんだと、ぼくは自分に言いきかせた。

敵は、ぼくらの攻撃にいっこうにひるむ気配がなかった。厚かましく、わが物顔で家の中を歩きまわった。少なくとも数の上でぼくらにまさっていたからか、人間と違って、死ぬことを屁とも思っていなかったからか。翅の色でも、ごそごそうごめく脚の気色悪さでもなく、その不敵さこそに、ぼくは震えあがった。彼らを駆逐しなければ、自分が駆逐されると、なぜかしらぼくは思いこんでいた。

ある土曜日の朝、イサベルとぼくは台所で話をしていた。解凍しようと電子レンジにパンを入れ、イサベルが新しい殺虫剤の効き目を説明しているとき、レンジからパチパチとはぜるような音がした。ドアをあけると、ターンテーブルの上に三匹のゴキブリの死体が転がっていた。どうやら、ぼくらがめったに使わない電子レンジの内側の上部に、ゴキブリの巣ができていたようだった。それを見て、ぼくは深い恐怖にとらわれた。あらゆる手を尽くしてきたのに、何も変わっていない。ところが、イサベルはいつになく落ち着いていた。

「大丈夫。こっちの勝ちよ……」。自信満々に言い放った。

その後、イサベルは殺虫剤を使うのをやめた。落ち着きを片時も失わずに、彼女はヨーグルトの空きびんにゴキブリを追いこみはじめた。

次の土曜日、バスに乗るかわりに、メルセー市場まで伯母がぼくらを車に乗せていった。いつもの買い物が終わると、すぐには帰らず、イサベルは伯母とぼくをこれまで行ったことのない市場の一角に案内した。商品台もなければ、店と店のあいだの金属の仕切りもない場所だった。商人たちは、地面に直接シーツやござを広げている。商品を並べるにはそれで十分だった。ハーブ類の店もあれば、明らかに自分でもいできたビワやプラムなどのフルーツを山積みにしている店もある。籠を売る店もある。そんなみすぼらしい店のひとつに、ぼくは目をひかれた。浅黒い肌のとてもきれいな女の子が、母親が昆虫を売るのを手伝っていた。

「何を売ってるの？」とぼくは目を疑ってイサベルにたずねた。

「フミルよ」。女の子が鈴の鳴るような声でこたえた。ぼくはぱっと赤くなった。

「食べてみる？」

ぼくはあっけにとられて、女の子がすることを見ていた。女の子は、もぞもぞうごめいているカメムシを円錐形に丸めた厚紙に入れて売っていたのだった。火も通さず、客はレモンと塩をかけて、そのままほおばっている。

「そら、受け取りなさい」。伯母がにやにや見守るなか、イサベルがぼくを促した。「このかわいい子がくれるって言ってるよ」

手をさしだすと、女の子は、小さな虫がうじゃうじゃと入った、コーン型の厚紙をくれた。味つけはその子がしてくれた。

ぼくの両親は普通じゃないと、いつも伯母に言われていたけれど、昆虫はイナゴすら食べたことがなかった。ためらっているあいだに、容器からあふれだした虫が一匹、ぼくの腕をはいはじめた。もう無理だ。ぼくは紙容器をほうりだして逃げだした。いつもフルーツを買う建物との境あたりで、ぼくはイサベルを待った。

そこで売っていた虫はフミルだけではなかった。ミツバチを売っている人もいた。ミツバチの毒は――その朝、知ったのだが――傷の炎症をやわらげたり、熱を下げたりする効能がある。紫がかったコオロギ、トウモロコシにつく幼虫、アウアウトゥレ（ハエの卵）、チカタナという巨大なアリ。今勤めている大学の研究所の調査によると、ぼくらの国で食べられている昆虫の数は五〇七種にのぼるらしい。

「昆虫を食べるのが悪いことではないのが、おわかりになりましたでしょう？」。考えこんでいる伯母にイサベルが声をかけた。「奥様、絶対うまくいきます。わたしたちが食べはじめたら、ゴキブリどもはおそれをなして逃げていきます」

「でも、どうやって夫や息子たちに食べさせるの？」。驚いたことに伯母は問い返した。

「最初はそれとわからないように料理します。慣れてきたら説明いたします。それか、ここにお連れしたら、自然と納得なさるかもしれません」

月曜日、学校から帰ると、伯母が腹をくくったのがわかった。昼食に、イサベルはレタスのサラダと小魚のフライを作り、ピリッと辛味のきいた二種類のソースと塩とライムの輪切りを添えた。ぼくは台所から、みながいつものようにがつがつと新しい料理を食べるのを見た。伯母も食べていたが、量はうんと少なく、犠牲に耐える殉教者のような表情でいやいや口に運んでいた。ぼくはひと口も食べなかった。翌日はチョップスイで、水曜日はワヒーヨのソースをかけたいろいろなキノコだった。その週のあいだ、イサベルは新しい創作料理を作りつづけた。数日すると、これといった理由はないのに、戸棚のゴキブリが減ってきた。伯母は大喜びで息子たちを呼び、新たな作戦のことを打ち明けた。

「まだパパには何も言うんじゃありませんよ。心の準備ができていないでしょうからね」

と釘を刺した。

最初、従兄たちは嫌悪をあらわにした。弟のほうは、その午後吐いて、何日か食事をとるのをこばんだ。けれども、やがて先入観を捨て、ゴキブリよりもぼくらが優位に立つ日常を享受しはじめた。恨み骨髄、彼らを苦しめるありとあらゆる策略を考えだした。一番の人気メニューはゴキブリのセビチェで、イサベルはわざと見せびらかすようにして調理した。まずは、バッタで作るときと同様、香りのよいハーブを入れた容器でゴキブリを絶食させる。そして、糞が出きってからレモン汁に数時間ひたす。ゴキブリでアレルギーが出る人も多いのを今は知っている。ゴキブリがそばにいるだけで、まぶたに水ぶくれができて涙が止まらなくなる人や喘息が起こる人もいる。けれども、イサベルが細心の注意を払って調理したからか、誰もそういった症状は出なかった。ゴキブリの摂取は、害虫の駆除はもとより、ぼくが伯母一家との関係を築くのに役立った。ぼくはみなと同じ時間に夕食を食べ、マナーに気をつけるようになり、行儀が悪いといって従兄たちに目の敵にされなくなった。家族の絆づくりに、これほど有効な手段はほかになかった。

しかし、クレメンシアだけはその饗宴に加わらなかった。以前から伯母たちと距離を置いていたけれど、この抵抗でいっそう孤立した。ある晩、ぼくは声を押し殺した会話で目を覚ました。イサベルとクレメンシアが、女中部屋で激しく言い争っていた。ぼくは室内ばきをはいて部屋を出て、ドアのかげで耳をすました。

「退治するといったって、あんなことをする権利はないよ。あれはひどすぎる」。今にも泣きそうな声でクレメンシアが訴えていた。

その家の住人が何を食べようが、クレメンシアがどうでもいいのはわかっていた。信じられないのは、彼女がゴキブリをかばおうとすることだった。けれども、自分の母親が彼らの味方だと知るよしもないイサベルは、やっつけるにはそれしかないと繰りかえすばかりだった。ぼくは前にテレビで昆虫同士の駆逐の仕方を見たことがあった。相手を追い払う一番の方法は、その相手を食べてしまうことだった。イサベルが正しいのは、結果を見れば明らかだった。

数日後、両切りのデリカドスを吸いながら、クレメンシアは敬意をこめてゴキブリの話をした。

「この子たちは、地球に最初に住みついた生き物なんだ。そして世界が終わるときまで生き残る。わたしたちのご先祖さまの記憶だよ。祖父母であり子孫なんだ。それを食べるとはどういうことか、あんたたちはわかっているのかい？」

冗談でそう言ったわけではなかった。クレメンシアにとってそれは、重大な血族の問題だった。イサベルもぼくも、ゴキブリを絶滅させようとは思っていない、ただ追い出したいだけだとぼくはこたえた。

「それに昆虫を食べるのはべつに悪いことじゃないよ」。ぼくはイサベルの言葉をまねて言い返した。「市場で売ってるんだから」

クレメンシアは黙りこみ、とがめるような、うらめしげな目でぼくを見た。

「あんたたちに限った話じゃない。誰だってゴキブリを食べちゃいけないんだ。まあ、報いを受けるがいいさ。あとでどうなっても知らないよ」

ぼくはクレメンシアの言葉に震えあがって自分の部屋に戻った。彼女の突拍子もない発言が現実になるのを、前も見たことがあったから。

金曜日の午前中、伯母が学校にぼくを迎えにきた。何かあったのかとたずねても、伯母は首を横にふるばかりだった。かたい表情を見ると、それ以上たずねる勇気がなかった。車に乗っているあいだ、どちらもひとことも口をきかなかった。

玄関に入ると、母のジャケットが目に入った。居間の奥からぷーんと、母のタバコの独特の匂いが漂ってきた。母のみすぼらしいかっこうにぼくははっとした。ここ数か月、この家で暮らすあいだに、ぼくは中流家庭の衣服や、ほこりひとつない調度にすっかりなじんでいたのだった。

母は前よりひどくやせて、ソファーの端に座ってがたがたと貧乏ゆすりをしていた。この家のきまり――母はそれを重々承知していた――を無視して、ひっきりなしにタバコに火をつけ、深く吸いこんでいる。肺にその気体を送りこめば、ぼくの目を見る勇気がわいてくるとでも言うように。母はぼくを迎えにきたのではなかった。ぼくが行儀よくしているか、家や学校でちゃんとやっているか、伯母がこれからもぼくを置いてくれるつもりかといったことを気にかけているようだった。そして、ぼくたちにかかる費用を返すお金が銀行にあるということにもふれた。何が言いたいのか、ぼくにはさっぱりわからなかった。ただ、母がひどく怯えているのがわかった。リアリストの伯母は歯に衣着せず、母が言い出せずにいることをずけずけ言った。

「あなたのお母さんはね、入院することにしたの。わたしたちは賛成だし、応援しますよ」

そう告げると、伯母はぼくのこたえを待たず、母とぼくだけを残して居間から出ていった。母は何も言わず、ただがたがたからだを揺らしていた。ぼくはできるだけそうっとソファーに近づいて、母をぎゅうっと抱きしめた。その瞬間、心の中のもやもやは消しとんだ。どんなに新しい家族になじんでも、ぼくは母のものだし、ぼくがいっしょにいたいのは母だった。ぼくは内緒ばなしをするように声をひそめて、従兄たちがどんなにいじわるか、彼らとスクールバスで学校に行くのがどんなにおそろしいかなど、ぼくの窮状を大げさに話し、うちでも病院でもいい、母の行くところにいっしょに連れていってくれと頼んだ。母の面倒はぼくがみるからと。けれども、返ってきたのは、タール臭い、なまあたたかい息だけだった。何分かすると、伯母がまたやってきて、母を連れていった。

その夜、長い時間、激しい雨が降ったのを覚えている。イサベルとクレメンシアは何度かぼくの部屋のドアを叩いた。傘のシルエットが窓に映っていた。ぼくは顔を見たくないわけでも話したくないわけでもなかったが、ベッドから起き上がってドアをあけることができなかった。そのとき、ぼくのそばにいてくれたのは一匹のゴキブリだけだった。ひと晩じゅう、うんと小さなゴキブリが、部屋の隅のナイトテーブルのところでじっとしていた。どこに行けばよいかわからず、おそらくは怯えている、親をなくしたゴキブリが。

牝猫

動物と人間の結びつきは、人と人との関係同様複雑だ。たとえば、ペットと惰性的な愛情で結ばれている人がいる。彼らは、ペットにえさをやり必要に応じて散歩に連れだすが、しかったり「しつけ」たりするとき以外、めったに話しかけない。かと思えば、誰より心を許せるのがペットの亀だという人もいる。彼らは毎晩水槽にかがみこんで、会社であったことや、先のばしにしている上司との対決、恋愛の不安や期待などを亀に話してきかせる。家で飼われる動物のなかで、特に評判がいいのは犬だ。その忠実さや気高さから人間の最良の友とまで言われるが、多くの場合それは虐待や飼育放棄にも強いことからくる言葉だ。確かに犬はたいてい善良だけれど、なかには主人の顔を覚えず、退屈からか狂気にかられてかいきなり主人を攻撃して、母親が幼いわが子を殴ったような当惑を与える犬もいる。一方猫は、利己的だとか独立心が強すぎると評されるが、わたしはぜんぜんそうは思わない。犬ほど要求や自己主張が強くなく、いても気づかないことさえある。それでいて、経験からわかるのだが、猫は猫同士とでも飼い主とでも、深く心を通わせあうことができる。確かに猫はきわめて気まぐれで、亀のように閉鎖的かと思えば、犬のようにどこにでも顔を出しもする。

わたしが猫を知るようになったのは、まだ大学に通っていたときだ。当時わたしは、大学の史学過程を終えようとしていて、外国の、できれば一流大学の大学院で学びたいという野心を抱いていた。借りていた日当たりのよい広いアパートをときおりほかの学生とシェアするうちに、猫と住むようになった。今思うと、アパートをシェアする同居人というのは、時にペットの役目を果たし、やっかいな関係に陥る。猫を飼うまでにわたしは、そのアパートで二人の男子学生と一人の女子学生と同居した。最初は建築学科の学生だった。彼はタトゥーが好きでカーテンをめったにあけず、部屋に裸の日本人のカラーポスターをべたべた貼っていた。次のルームメイトの女子学生はもっと社交的だった。しょっちゅう友だちを呼んでは、DVDでだらだらと映画鑑賞会をやっていた。けれども、彼女は過食症を隠していて、スーパーで共同で買い物をすると、こちらが割をくった。それをとがめられるのがいやだったのだろう。言わないわけにいかなくなって注意したら、その日のうちに引っ越していった。三人目はとてもおとなしい医学生で、たいてい病院にいた。ほとんどうちにいなかったのでとても具合がよかったが、六か月いただけで、地方でインターンをすると言って出ていった。

猫たちはルームメイトと違って、安定したほんもののパートナーだった。子どものころ、うちにはさまざまな動物がいた。ウサギ、ジャーマンシェパード、ハムスター、ヨーロッパの家猫二匹。その猫たちは、一度も互いに顔を合わせなかった。幼いわたしは、うちのペットを自分のものと思っていたけれども、責任はとらずにすんだ。ただペットとしてかわいがればよく、世話は両親がしてくれた。けれども、ルームメイトよろしくうちにいついた猫たちには、わたしだけがたよりだった。彼らがわたしの人生を横切った瞬間から、守ってやらねばという義務を感じた。まったく初めて感じたその感覚ゆえに、わたしは彼らをひきとることにしたのだった。十二月のいつになく寒い朝、彼らは現れた。論文の指導教官で、親しくなりはじめていたマリサが、道でレジ袋に入った猫を拾ったと電話をかけてきたのだ。死なせるつもりだったのだろう、二匹まとめてひもを巻かれていたという。まだ乳離れしていない子猫だった。わたしはすっかり心をつかまれ、誘われるまま、マリサの家にひきとりに行った。彼女が箱をあけ、長いこと酸素が欠乏していたせいでぶるぶる震えるからだでミャーミャーと喉をからして鳴く猫たちを見ると、同情はいっそう強まった。

「よく観察してね。脳に損傷があるかもしれないから。獣医にみてもらったほうがいいかも」とマリサが忠告した。

わたしは言われたとおりにした。すすめられた動物病院に猫たちを連れていき、そこで性別と推定年齢を知った。オスとメスだった。不吉とされる黒猫で、ヒゲのつけ根と鼻先だけ白いのがオスで、小柄ですらりとした、金色がかった縞がメス。詩人と女優だと、わたしは心の中でつぶやき、ミルトンとグレタと呼ぶことにした。何か月かして、すっかり元気になった猫たちが本領を発揮しはじめると、まさにその名前のとおりなのがわかった。オスは無愛想だが鷹揚で、メスは自分の美しさを自覚しスター然とふるまう。

うちに来た当初は、二匹ともなかなか姿を見せようとしなかった。箱のふたをあけると、矢のように飛び出して冷蔵庫のかげに逃げこんだ。冷蔵庫の低いうなりが、母親のごろごろという喉の音を思い出させたのだろう。わたしも無理にひっぱりだそうとせず、ミルクとえさの皿を置くだけにしておいた。わたしがいなくなって安全だとわかったら、勝手に出てきて食べるように。

二週間たつと、猫たちは隠れ場所から出てきたばかりか、すっかり我が物顔でアパートの中を歩きまわるようになった。何か月かルームメイトがいなかったので、二匹の子猫がいるのは楽しかった。猫たちが本棚から本棚へとびうつったり、ローテーブルやキッチンのテーブルに驚くほど敏捷によじのぼったり、陽のあたる床の上でのんびり寝そべったりするのを、わたしは居間の隅に置いてある机から観察した。ミルトンは、机に向かっているわたしに近づいてくるのが好きだった。パソコンで論文を打ちこんでいると、足元で丸くなって居眠りをした。一方グレタは、わたしがほかのことをしないで、彼女だけをゆったり愛撫するのを好んだ。わたしが図書館や映画館から家に帰ってくるたびにミャーミャーまとわりついて、なでてくれとせがんだ。

わたしは、学部のパーティーや催しでときどき顔を合わせる男友だちは何人かいたけれど、その一年は、ほとんどの時間を論文の執筆にあて、どちらかというと孤独な生活を送っていた。恋人もいなかった。大学三年までは、同じ学部の人とつきあっていたが、それ以降は、酔った勢いや深夜の人恋しさから一、二度寝たことはあっても、それ以上の関係になる相手はいなかった。猫たちの存在は、愛情の欲求をかなり和らげてくれた。わたしたちは三人で一つのチームだった。わたしはゆったりとした母性的エネルギーを、グレタは機敏さと媚びを、ミルトンは男性的な強さをもちよった。そのバランスが非常に心地よかったので、家賃の一部をもってくれる新しいルームメイト選びに慎重になった。候補が現れるたびに会ってみたが、よそ者が入ると家の雰囲気が変わりそうで踏みきれなかった。猫たちも四人目の住人を歓迎しなかった。なぜかしら、わたしの気持ちを察して、候補者に対して敵意をあらわにした。女性だと、グレタが牙をむいて、からだじゅうの毛を逆立てた。男性が来ると、ミルトンがその人の靴にふてぶてしくおしっこをひっかけ、自分のテリトリーだということを見せつけた。幸い、そのころ奨学金を十分にもらえていたので、家賃はどうにかなっていた。

動物の成長は人間よりずっと速い。猫たちと過ごした一年のあいだ、わたしは基本的に何も変わらなかったが、彼らは大きく変化した。やせっぽちのおどおどした赤ん坊から、子どもになり、さらにうら若き男女になった。生理期間中のわたしと同様、二匹はホルモンに支配されだした。ミルトンは部屋の隅や鉢植えにおしっこをせずにはいられなくなった。グレタのはじめての発情期は恥も外聞もなかった。聞いていると、こちらがおかしくなりそうな甲高い声で鳴きたて、しっぽを立てて室内の家具のあらゆる角に外陰部をこすりつけた。そんな彼女を見ると、わたしは呆れると同時に、あわれに思った。彼女の性欲と欲求不満は圧倒的だった。ほんの五日間ほどのわたしの生理とちがって、グレタの発情期は果てしないものに思われた。わたしは彼女をほうっておけず、ミルトンはなおさらだった。彼女のまわりをうろつき、常に後を追い、背中によじのぼって、ひと思いに欲求不満を解消してやろうとした。けれども、グレタはその突発的な誘いをにべもなく拒絶し、ミルトンもわたしも傷ついた。輪廻を信じる文化圏では、男性に生まれると果報と考え、女性はその逆と捉えるという。ふだんあれほど悠然としているグレタが、それほど性ホルモンにふりまわされるのを見ると、一見野蛮な女性蔑視の理論もそれほどでたらめではなく思えてきた。とうとうわたしはグレタを病院に連れていくことにした。近所の家の屋根を彼女がはばかることなく歩きまわれるように、興奮を抑える薬か避妊薬のようなものを処方してもらえないかと思ったのだ。ところが、グレタがかかえた危険や苦しみに対して獣医が提案したのは、あまりに残酷な解決策だった。獣医いわく、最良の方法は、成長期のうちにすっぱり卵巣を摘出することだった。

「子どもを産めなくするんですか?」。わたしはおそれおののいて聞き返した。「そんなことのために、先生は獣医になられたのですか?」

無防備に診察台にのったグレタをわたしが見つめるなか、医者はすまなそうに黙りこんだ。グレタの将来を決めるのはわたしたちじゃない、とわたしは心の中で思った。彼女はせめて一度は、母親になる権利がある。動物の生涯において生殖より大きい使命があるだろうか。卵巣をとってしまったら、そのチャンスを奪うことになるではないか。

わたしは憤慨し、何も言わずに動物病院を出た。タクシーを拾おうとしていると、入口まで獣医が出てきて言い捨てた。

「少なくとも一か月は家から出さないことだね。妊娠するには、まだ若すぎるから」

わたしは、ケージの中で荒れくるうグレタをかかえてアパートに戻った。自然にまかせよう、彼女と彼女の子孫の運命は、彼女自身が決めることだと思いながら。

そのころ、新しいルームメイト候補が現れた。三週間のフィールドワークをしにこの町にやってきた、スペインのバスク出身の人類学の学生だった。その学生がアパートを見にきた午後、不思議なことに――グレタの発情のせいでまだ動揺していたからだろう――、猫たちはどちらも敵意を見せなかった。三週間ならわたしたちの共同生活が脅かされることはなさそうに思えたし、夏休みをひかえた今、余分なお金が入るのはありがたかった。

そこで、バスク人の学生はその翌日から、居候用の部屋に落ち着いた。アンデルという名のその学生は、ひげもじゃで青い目の、どちらかというと引っ込み思案な青年で、一日の大半は中央図書館で勉強していて、ほとんど存在感がなかった。家にいるわずかな時間は温厚で協力的でさえあり、短い会話のはしばしに、とっぴで、ある意味おもしろいユーモア感覚が垣間見られた。

　ある晩、彼は、わたしがまだ机に向かっている時間に帰宅して、雀の涙ほどのマリファナに大枚を払わされたとぼやいた。ほかの国もそうだろうが、この国の人間は、隙あらば外国人から金をまきあげようと常にねらっている。話を聞いてわたしは恥ずかしくなり、埋め合わせに、何か月か前からしまってあったマリファナ煙草を二本さしだした。彼は喜び感謝して、彼の部屋のベランダでいっしょに吸おうと言いだした。マリファナがきいてくると、彼のユーモアのセンスがときはなたれた。三回吸いこんだところで、彼はバスク人をネタにしたジョークを語りはじめ、わたしはお腹をかかえて笑った。さらにメキシコとその特異性、学部のこと、猫のこと、憐れなグレタのどうしようもない発情期のことなどで盛りあがり、話題がつきるまで笑いまくった。そのはずみか、わたしたちはしまいに彼のマットレスの上でもつれあった。楽しかったが、彼とはそれが最初で最後だった。三週間のあいだに、わたしたちはアパートと食べ物、わたしがとってあったマリファナはシェアしたが、それきりベッドを共にすることはなかった。

　アンデルがいなくなったとき、わたしは苦しむどころか、自分でも驚くほどさばさばしていた。その数日後にはグレタの発情期も終わり、狂ったような鳴き声もやんだ。わたしは期日より早めに卒業論文を書きあげ、最後のチェックをしてもらおうと、指導教官のマリサに提出した。また、海外のいくつかの大学の史学の大学院に願書を書き、試験までのあいだに太平洋のどこかの海辺でバカンスをとる計画をたてはじめた。グレタのからだのはっきりとした異変に気づいたのはそのころだった。それほど慌ただしいときでなければ、もっと早く気づいていただろうに。グレタの跳躍は前ほど敏捷でなくなり、小さかった乳房が張っておなかがかなりふくらんでいた。妊娠は、彼女のことを思えば喜ばしかったが、獣医の警告を思い出してやや不安になった。それでも、うれしさは何にもまさった。数か月後にはこのアパートにやんちゃな子猫がごろごろいるのだ。わたしはクローゼットの一番下のひきだしをからにして、子猫たちのために柔らかな寝床をせっせと準備した。グレタはいつになくおとなしく甘えん坊になり、かまったりなでたりされるがままになっていた。けれども、幸せは長くは続かなかった。アンデルが去って十五日後、あるはずの生理がこなかったのだ。無邪気に待ったがむだだった。わたしは市販の妊娠検査薬を買ってきて、どうか陰性でありますようにと祈りながらトイレに座って検査した。けれども、白い楕円形には二本のラインが浮かびあがり、おそれは現実のものとなった。グレタの妊娠がわかって以来のやさしさに満ちた歓喜は、いきなり悪夢に変わった。何をすべきかも、単に自分が何を望んでいるのかも、まったく見当がつかなかった。

わたしは一週間、ショック状態で自問しつづけた。誰かにアドバイスを求めるべきか、一人で決めるべきか、アンデル――彼とは、その後ほとんど連絡をとっていなかった――に伝えるのが賢明か、第一わたしは今母親になりたいのか、そもそもなれるのか。なるなら、子どもは父親を持たないことになるだろう。アンデルが外国人だから、つくも離れるも前は気楽で簡単だったが、今はそれゆえやっかいだった。わたしは彼のことをほとんど何も知らなかった。どんな人間か、説明すらできなかった。だけど、それならわたしはいったいどんな人間なのか？　気分が上向きになるような答えは浮かんでこなかった。わたしは優柔不断な人間だ。何かとひきかえにあきらめなければならないことがあるような場合、ごく些細なことでもなかなか決断できない。その面倒な性格が限りなく幅をきかせた。フローリングの床の上を大儀そうに動くグレタを見ながら、わたしは限りない無力感を味わった。彼女同様、わたしのからだはめまぐるしく変化した。眠気と吐き気で何もできなくなった。入浴する、スーパーに行く、座って食べる、猫にえさをやるといった、必要最小限のことをするのが精いっぱいだった。残りの時間は、耳元でゴロゴロ言っているミルトンといっしょにベッドで横になっていた。朦朧とした日々だった。

意識がはっきりして、決心がちらりと顔をのぞかせるたびに、罪の意識がその衝動を押しつぶす。

ある朝、思ったよりも早く、プリンストン大学の名が印字された封筒が、ドアのすきまからさしこまれた。開封すると、大学院の選考を通過したうえ、とてもいい条件の奨学金の受給候補になっているという知らせだった。だが、わたしは幸福になるどころか、ずっしりとプレッシャーを感じた。指導教官のマリサに話してしまおうと、急いで服を着て、研究室に手紙を持っていった。わたしの顔を見ると、彼女は目をみはった。

「どうしたの、その目のくま。プリンストンから手紙が来たんでしょう。死刑宣告を受けたわけじゃあるまいし」と笑った。

わたしは事情を打ち明けた。彼女はわたしの告白やすすり泣きを黙って聞いていた。話し終えると、必要なだけ時間をかけて、どうするか決めるよう忠告した。

「とりあえず手続きを進めて、やることはやっておきなさい。いざとなれば、気持ちもはっきりするでしょう。こういうことは簡単には決められないから」。そうは言っても、彼女が内心何を期待しているか、わたしはよくわかっていた。研究室を出る前に、電話番号を書いた紙を手渡された。かかりつけの産婦人科医の携帯番号だった。

郵 便 は が き

お手数ですが
切手をお貼り
ください。

102−0072
東京都千代田区飯田橋3−2−5
㈱ 現 代 書 館
「読者通信」係 行

ご購入ありがとうございました。この「読者通信」は
今後の刊行計画の参考とさせていただきたく存じます。

ご購入書店・Webサイト	書店	都道府県	市区町村
お名前《ふりがな》			
〒 ご住所			
TEL			
Eメールアドレス			
ご購読の新聞・雑誌等			特になし
よくご覧になるWebサイト			特になし

上記をすべてご記入いただいた読者の方に、毎月抽選で
5名の方に図書券500円分をプレゼントいたします。

買い上げいただいた書籍のタイトル

書のご感想及び、今後お読みになりたいテーマがありましたら
書きください。

本書をお買い上げになった動機（複数回答可）

.新聞・雑誌広告（　　　　　　　　　）　2.書評（　　　　　　）

.人に勧められて　4.ＳＮＳ　5.小社ＨＰ　6.小社ＤＭ

.実物を書店で見て　8.テーマに興味　9.著者に興味

0.タイトルに興味　11.資料として

2.その他（　　　　　　　　　　　　　　　　　　　　　　　）

ご記入いただいたご感想は「読者のご意見」として、新聞等の広告媒体や小社
witter 等に匿名でご紹介させていただく場合がございます。
※不可の場合のみ「いいえ」に○を付けてください。　　　　　いいえ

小社書籍のご注文について（本を新たにご注文される場合のみ）

●下記の電話や FAX、小社 HP でご注文を承ります。なお、お近くの書店で
も取り寄せることが可能です。

TEL：03-3221-1321　FAX：03-3262-5906
http://www.gendaishokan.co.jp/

ご協力ありがとうございました。
なお、ご記入いただいたデータは小社からのご案内やプレ
ゼントをお送りする以外には絶対に使用いたしません。

「決心がついたらそこに電話して。わたしに聞いたと言って」

それからはあっという間だった。それまでの二週間、わたしはグレタとともに半分眠っているようにベッドとソファーのあいだを往復していたが、そのときから猛然と動きはじめた。グレタのほうは、妊娠やエストロゲンの分泌からくる不安定な精神状態のせいで用心深くなり、電話や呼び鈴が鳴るたびに物陰に隠れた。だが、わたしは妊娠からくる症状に耐えつつ、力になってくれそうな教授たちをたずね、進学に必要なサインを集めることに精を出した。グレタに栄養のある食事を用意して、キッチンから出るとインターネットを開いて、当時、まだその町では法律上禁じられていた堕胎についてのあらゆる情報を集めた。経験者の証言を読み、やり方を研究した。わたしの月数ではもう使えない、一日で効くという錠剤から、自家製のお茶や吸引や掻爬《そうは》の方法まで。

ある午後、マリサが教えてくれた産婦人科医に、勇気をふりしぼって電話した。状況を説明し、予約を頼んだ。医者は非常に感じがよく、ほかの二人の患者のあいだにわりこませ、その日のうちに予約を入れてくれた。クリニックは、十三階がない高層ビルの十四階にあったのを覚えている。何もかもまっ白であまりにも清潔だった。リラックスするようにかかっているBGMで、かえって緊張してきた。呼ばれるまで、外にとびださないようこらえるので精いっぱいだった。診察室に入ると、看護師に言われるまま、体重、腹囲、血圧などをひととおり計測した。そこで、さっき電話で話した医者が現れた。五十がらみの男性医師は、なぜかしら――白衣を着ていたからか、やはりマリサの紹介だったからか――グレタを診察した獣医師を思いおこさせた。口元に笑みを浮かべ、そういう職業の者によくある、保護者然としたソフトな口調で医者は手順を説明し、最後にこう付けくわえた。

「前の晩から食べ物はとらず、家に帰るときは誰かにつきそってもらってください。全身麻酔はしないが、眠くてふらふらするだろうから」

説明を聞きながら、わたしはグレタのことを考えた。今ごろ彼女は、居間のひじかけ椅子に寝そべって、夕暮れの日差しを楽しんでいることだろう。医者が手帳を出して、手術の日時を提案すると、わたしは黙って何度かうなずいた。診療代を払って外に出たわたしの前には、これまでで最もやるせない午後が広がっていた。どこにいても息苦しいほど蒸し暑い。家に着くと、ドアを開けたところにグレタがいた。いつもの愛撫を待っているのだ。この日のグレタは、もうかなりふくらんだおなかを黙ってなでられていた。手を動かしながら、わたしにも人生における使命はあるのだろうかと自問した。答えはどこにも見つからなかった。

その夜、わたしはマリサに電話をかけた。医者に行った、とても親切ないい人だったが、力を借りるのはやめておく、と告げるつもりだった。プリンストンへは行かない、これからは出産のことだけに専念し、奨学金の手続きもやめる、九月になったら大学院で勉強は続けるが、このまま今の大学で進学するつもりだと。ところが、何度かけても、その夜マリサは電話に出なかった。そこで、しかたなく留守番電話に、折り返し電話してほしいと短いメッセージを残した。

翌日、グレタは朝から元気がなかった。目がとろんとして、耳がたれている。子猫のために用意したひきだしの中にうずくまり、用を足すときしか動かなかった。計算してみると、予定日まではまだ三週間ある。だから、産気づいたわけではなさそうだった。午後になってもぐったりしたままなのを見て、わたしは獣医に連れていこうと決心した。もっと早くそうすればよかったのだが、去勢専門医としか思えないあの獣医への拒絶感からできなかったのだ。六時をまわりかけていた。動物病院はあと四十分で閉まるので、タクシーを呼んで、大急ぎでグレタをケージに押しこんだ。そもそも、それ自体、正気の沙汰でなかった。病院までは家から数キロある。この錯乱した町の金曜日の夕方の交通事情を知っている者なら、誰だってあきらめただろう。けれども、わたしはグレタがだいじょうぶか、どうしても確かめたかった。ケージをかかえて、大急ぎで階段をかけおりた。ケージの中では、家から連れだされるのに抗議して、グレタがミャーミャー鳴きつづけている。まさか、そんなところに危険がひそんでいるとは思わなかった。ところが、階段が牙をむいてきた。途中でわたしは足を踏みはずし、数回階段でお尻をバウンドさせて転げ落ちた。グレタのケージは必死で抱きかかえていたので、なんとか床に激突させずにすんだ。ヒヤリとしたが、それだけのアクシデントだった。どこも痛くなかった。しかも、予想に反して、受付終了の直前に動物病院に着くことができた。医者は触診をし心臓の音を聞くと、わたしたちを祝福した。母子ともに申し分ない、グレタはただひどくくたびれているだけで、それは自然なことだと。

腰と腹部にわたしが痛みを感じはじめたのは、帰りのタクシーの中でだった。ほっとしたとたんに鎮痛剤のはたらきをしていたアドレナリンが切れて、ぶつけたところが痛みだしたのだと思いあたった。その夜、服を脱いだとき、出血しているのに気づいた。翌日まで待てなかった。マリサから携帯電話の番号をもらっていたので、あの産婦人科医に電話をし、どうしたら赤ちゃんを救えるかとたずねた。医者は最初困惑した様子だったが、すぐに保護者然とした口ぶりになり、慎重に言葉を選びながら、今何かするのは非常に難しいと告げた。とにかく落ち着いて、明日の朝、クリニックに来るように、そのときさちんと調べようと言った。アクシデントというものは存在しないという人がいる。わたしはそうは思わない。けれども、その午後、わたしが階段から落ちたのがアクシデントだったのか、潜在意識のしわざだったのかはわからない。だが、考えもしなかったことなのは確かだった。数か月後に知り合った、プリンストン大学のある科学者のグループによると、わたしたちの遺伝情報や受けてきた教育やこれまでの人生での主な出来事をインプットして、わたしたちとコンピュータに百の二者択一問題をこたえさせたなら、コンピュータのほうがよほど早く、わたしたちが出すであろう答えをはじきだすらしい。彼らに言わせれば、わたしたちは決断などしていない、わたしたちの選択はどれもみな、あらかじめ条件づけられているらしい。だけどそのときは、コンピュータならどう予測したかを確かめる機会はなかったし、今のわたしがその答えを知りたいかどうかもわからない。

翌日、ほかの予定を後回しにして、わたしは朝一番でクリニックにかけつけた。医者は約束どおり診察して、昨夜と同じ診断をくだした。どうしようもないと。

「すぐ来てくれてよかったよ」。理解に苦しむ楽観的な口調で言った。「おかげで子宮を掻爬せずにすむ」

産むかどうか迷ったことなど一度もなかったかのように、わたしはすっかりうちのめされて診察室を出た。晴れやかになるどころか、気分は落ち込む一方だった。現実はぽっかりあいた黒い穴のようだった。この先一生、心が浮きたつことはなさそうだった。いつでも誰より親身になってくれてきたマリサは、深い悲しみはホルモンの急激な変化のせいだと言ってわたしを励ました。そうかもしれなかったが、そうだとわかったところで状態は変わらなかった。けっきょくのところ、好むと好まざるにかかわらずわたしは一個の動物であり、子を失ったことに、心とからだが反応しているのだった。グレタも、もし子猫を失ったならそうなったように。自分の判断ひとつに将来がかかっているというプレッシャーからくるストレスに苦しむことはもうなかったが、悲しみと一体となった不安感からわたしはうつ状態に陥り、毎日の基本的なことさえできなくなった。入浴も食事もせず、もちろん勉強のことも考えられなかった。

それからというもの、グレタは朝から晩までわたしの膝の上にのっていた。おなかの赤ちゃんのいなくなった喪失感を、本能的にそのからだで埋めようとするかのように。その態度に、わたしは強い反発を覚えた。ゴロゴロと喉を鳴らされるといらっとなり、しまいに彼女を床にはたき落とした。だが、グレタは怖気づくことなく、数分もするとまた懲りずに膝にのぼってきた。その数日間、プリンストンとのやりとりはマリサがしてくれた。彼女がいなければ、わたしは大学院に入ることも奨学金をとることもできなかっただろう。彼女は論文の指導教官であり親友である以上に、母親のようだった。

まもなくグレタは元気な子猫を六匹産んだ。明け方、マリサにもらった睡眠薬でぐっすり眠っているときだったので、わたしはお産を見ることも、産声を聞くこともできなかった。目がさめると、シーツの中がやけにもぞもぞしていて、見ると生まれていた。あれほど念入りに用意したひきだしの中ではなく、わたしのベッドの足元で。その事実にわたしは心を揺さぶられた。動物というのは、現実をどんなふうにとらえているのだろう。というより、わたしの猫は、わたしとの現実をどうとらえているのか。彼女のとる行動がどれも、いきあたりばったりではなく、彼女が選んだものであるのは明らかだった。が、それならなぜ、それを選んだのか。生まれたばかりの猫たちは、小鳥のさえずりに似た、甲高い声で鳴いていた。もぞもぞとたえまなく動いて、母親の胸にかじりつく。グレタは彼らの前で無防備に横たわり、乳を吸われるがままになっていた。まだ形もさだまらない子猫たちよりも、そんなグレタに、わたしの心はなごんだ。子猫たちに一心におっぱいを吸わせているグレタは、この上なく満たされているように見えた。誇らしげに母親の役割をはたしているグレタを、わたしはしばし黙って観察した。本能からというよりも、成果の見える努力に頭とからだがこたえようとしているかのようだった。わたしはそろそろとベッドから出て、朝食の準備をしながら、ここ二週間で初めて自分が朝食を食べようとしていることに気づいた。それからマリサに電話をしてめでたいニュースを伝えた。寝室に戻ると、グレタと子猫たちはベッドの上にいた。グレタが首をくわえて、一匹一匹子猫をたんすのひきだしに運ぶ姿を想像した。ミルトンは父親の役目をひきうけるつもりらしく、先にもうひきだしの中にいた。みな自分のいるべき場所にいるようだ。そのころは、グレタが子猫たちといるのを見ることだけが喜びだった。おっぱいをやっていないときは、朝でも昼でも驚くほど熱心に一匹一匹子猫たちをなめあげ、きれいにしてやるのに余念がなかった。ひきだしの中にほったらかしておくのは、自分が食事をとるときと猫砂で用を足すときだけだった。ほかの時間は幸せそうに、子猫たちに身も心も捧げていた。

わたしは少しずつ、学問や旅行への熱意をとりもどしていった。その年のバカンスシーズンは、海にもどこにも行かず、専門の試験の準備と荷造りに励んだ。最初は猫たちの邪魔にならないように遠慮しいしい、出発の日が近づくにつれておおっぴらに。マリサは、ミルトンとグレタがわたしにとってどれほど大切かをよくわかっていて、彼らを預かると申し出てくれた。子猫が大きくなったら引き取り手をさがす、うちは広いし、庭があるから、ぜんぜん邪魔にならないとうけあった。

「邪魔なわけないでしょ。おかげで、あなたがいなくなった寂しさが紛れるわ」

猫たちにとって、またとない話だった。それでも、プリンストンで落ち着き先が決まったらすぐに迎えにくるからと、わたしは告げた。

大学院の試験の日、緊張することなくのぞんだ。期待どおり、わたしは高得点をマークした。大家にアパートを出ることを告げた。本を全部箱につめてから身のまわりのものをまとめ、持っていかない服をしまったり誰かにあげたりした。家財を買ったり引き取ったりしに、人が次々やってきて、本や食器をカバンに詰めていった。引っ越しは、わたしの意志とは無関係なことのように、日増しに急ピッチで進んでいった。グレタの子どもたちはそこらじゅうをちょろちょろし、段ボールや本の山や居間の家具によじのぼった。もとどおりなのは、クローゼットのひきだしだけだった。ふかふかと居心地のよいひきだしは、あたかも終わろうとしている時代の最後の砦のようで、わたしはしょっちゅうその中に隠れてしまいたくなった。次第にきゅうくつになりながらも八匹は、まわりの変化などどこ吹く風とその中で眠っていた。けれどもそれは、見かけだけだった。出発の二日前、つまり引っ越し屋のトラックが荷物を持っていく前の日に猫たちを迎えにくると、マリサは約束していた。そう告げたのが彼女の研究室でだったか、電話でだったのかは、よく覚えていない。だが、猫たちがそれを察していたのは確かだ。約束の日の前日、一日じゅうお役所的な大学の手続きに追われ、へとへとになって家に帰ると、猫たちがいなくなっていた。アパートの中をくまなくさがし、外に出られる場所も見た。唯一確かめられたのは、バルコニーに出るドアがあいていたことだった。そのときの寂寥感は言葉にならない。さよならを言うこともできなかった。「なるほど猫は自分で決めるのだ」と思ったのを覚えている。そうと気づかなかった自分が、ひどく愚かに思えた。

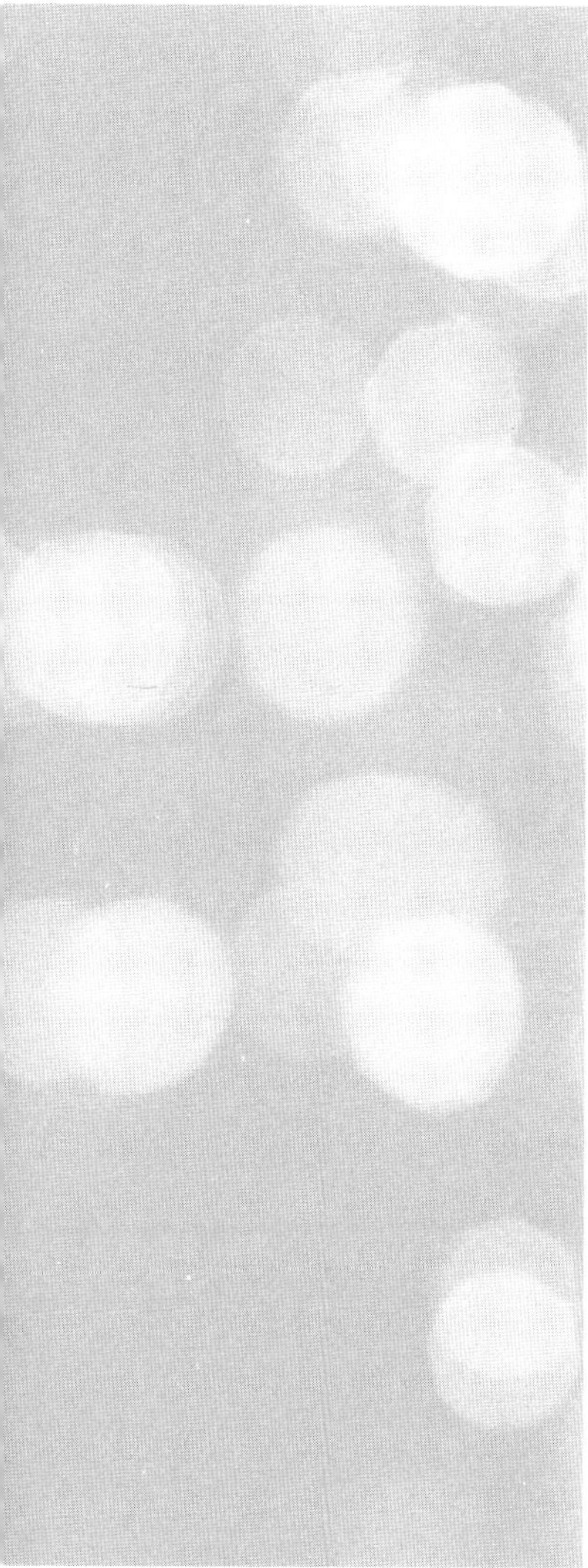

菌類

わたしが子どものころ、母の足の爪に菌がいた。正確に言うなら、左足の親指の爪に。菌とわかってから、母はありとあらゆる治療を試みた。毎朝シャワーのあと、小さなブラシでヨードを塗った。その臭いと赤みがかったセピアの色は今もよく覚えている。だが、いくつ皮膚科にかかっても無駄だった。町で一番腕がいいと評判の医者も、なんの効き目もない薬を処方しただけだった。昔ながらのクロトリマゾールの軟膏からリンゴ酢まで、さまざまな薬を試したが、なかでも一番すさまじかったのはごく少量のコーチゾンを処方されたときだ。足の指が黄色くぱんぱんに腫れあがった。ところが、どんなに根絶しようとしても何年も離れなかった菌が、あるとき、中国製の薬をつけたとたん、ほんの数日でいなくなった。誰一人——母でさえ——、それほど効き目があるとは思っていなかった。あまりのあっけなさに、すみつくか去っていくかは、菌自身が決めるのだろうかと思ったほどだった。

それまで菌といえば、キノコという、子ども向けの絵本でおなじみの、森や小人とかかわりの深いかわいらしいものしかわたしは知らなかった。だが、母の爪にとりついた牡蠣の殻のような菌は、それとは似ても似つかないものだった。なんとも言い難いその形状や、爪から離れようとしない頑迷さもさることながら、それ以上に記憶に強く焼きついているのは、寄生生物に対する母の嫌悪と拒絶反応だ。からだに菌を宿した人は、ほかにも会ったことがある。足の裏の皮膚をかさかさに乾燥させるものから調理師の手によく出る丸い紅斑までさまざまだが、たいていの人は、あきらめるかストイックに耐えるか、あるいは、まったく無頓着にはびこらせるかしていた。ところが母は、菌を恥ずべき災難のように受けとめていた。足のほかの部分どころか、へたをするとからだじゅうに広がるのではないかとおそれ、菌のついた爪がとなりの指にあたらないよう、指のあいだに大きな脱脂綿をはさんでいた。サンダルは決してはかず、よほど気を許した相手でなければ、はだしを見せなかった。何かの理由で公共のシャワーを利用するときには必ずビーチサンダルをはき、プールに入るときは、入る直前、プールサイドのきわまで靴をはいていた。それは正解だったと思う。だって、あれほどいじくりまわしてぐちゃぐちゃになった指を見たなら、タチの悪い病気だと思われただろうから。

子どもは、大人より順応力がある。わたしは、母があれほど毛嫌いしていた菌を、家庭内のごくあたりまえの存在として受け入れていた。母のように反感を覚えるどころか、むしろ逆だった。ヨードを塗った痛々しい爪を見ると、手足の不自由なペットに対するように、守ってやりたい気持ちになった。時とともに、母はあまり大げさに痛がらなくなった。成長とともにわたしも、母の爪のことなどすっかり忘れ、菌のことを思い出すことは二度となかった。フィリップ・ラヴァルと出会うまでは。

三十五歳になったころだった。わたしは忍耐強く包容力のある十歳年上の男性と結婚していた。夫のマウリシオは、わたしがバイオリニストとして最初に教育を受けた国立音楽学校の学長だった。子どもはいなかった。ある時期、作ろうとしたがうまくいかなかった。けれども、わたしは苦悩はせず、むしろ仕事に専念できるのを喜んだ。ジュリアードを卒業したあと、年に二、三度、ヨーロッパやアメリカに招かれて演奏する程度の、ちょっとした国際的名声を得ていたからだ。デンマークでCDを録音したばかりで、六週間のセミナーで教えるために、再びコペンハーゲンに向かうことになっていた。コペンハーゲンの城で夏に開催されるそのセミナーには、毎年世界中から優秀な学生が集まってきた。

出発目前のある金曜日の午後、その年、顔を合わせることになる講師のプロフィールを受けとったのを覚えている。そのなかにラヴァルがいた。彼の名前を見るのはそれが初めてではなかった。よく知られたバイオリニストで指揮者だった。ステージでの演奏や、オーケストラを自然にリードするバイオリンのすばらしさを友人が激賞するのをしばしば耳にしていた。プロフィールによれば、フランス人だがブリュッセル在住で、芸術学校で教えるために定期的にバンクーバーに足を運んでいるとのこと。その週末、夫のマウリシオは学会でちょうど留守にしていた。これといって予定もなかったので、わたしはラヴァルが演奏する協奏曲をネットでさがしてみた。少し物色してから、数年前カーネギーホールでライブ録音されたベートーベンのバイオリン協奏曲を買った。それを聞いた夜の陶然とした心地は今も覚えている。暑かった。涼しい風が入るようにバルコニーの戸を開け放してあったが、それでも感情が昂り息苦しくなった。バイオリニストなら誰もが暗譜している定番の楽曲だが、その演奏はまさに目から鱗だった。ようやくその曲をすみずみまで理解できたかのように感じ、尊敬と羨望と感謝の入り混じった心地がした。少なくとも三回は聴いて、聴くたびに鳥肌が立った。そのあとで、やはりコペンハーゲンに招聘されているほかの演奏家の曲もさがしたが、確かにレベルは高かったが、ラヴァルのような驚きは誰も与えてくれなかった。けれどもファイルを閉じると、何度か思い出しはしたが、その後二週間のあいだ、二度とそのコンチェルトを聴くことはなかった。

マウリシオと二か月離れ離れになるのは、それが初めてではなかった。だが、だからといって寂しくないわけではなかった。長旅のときの常で、いっしょに来てくれと、わたしはしつこくせがんだ。頼めば宿舎にいっしょに泊まらせてもらえるだろうし、彼はそうはいかないとむきになって否定したが、仕事もなんとかなるだろう。わたしが教える六週間のうち、二週間だけいっしょにいるか、最初と最後だけたずねてきてもいいじゃないかと言いつのった。夫がうんと言っていたなら、わたしたちの運命は変わっていただろう。けれども、彼はとりあわなかった。時間などあっという間に過ぎるし、仕事に集中するのがお互いのためだとさとされた。自分の演奏を問い直し、ほかの演奏家と出会う絶好のチャンスだ、そのチャンスをふいにしたり途中で中断したりすべきではないと。そこで、わたしは言われたとおり、チャンスを利用した。ただし、わたしたちが予想したのとは違う意味でだったが。

夏のセミナーが開かれる城は、市の郊外のクリスチャニア地区にあった。七月の末の夜の外気は心地よかった。ラヴァルと親しくなるのに時間はかからなかった。まず、彼とわたしは生活パターンがよく似ていた。彼は典型的な夜型で、わたしはラテンアメリカ時間をひきずっていた。授業が終わると、ほかの人を起こさないよう防音室で数時間練習したあと、キッチンやコーヒーテーブルの前でしょっちゅう顔を合わせた。わたしたちは、開いたばかりの朝の食堂に一番乗りでかけつける――唯一の――宿泊者だった。過剰なほど礼儀正しかった会話は、次第に踏み込んだものになっていった。親密さや、ほかの同僚たちとは異なる親近感が芽生えるのに時間はかからなかった。

現実から隔絶した夏のセミナーは、ふだんできないことにうちこむのにうってつけの場だ。自由時間には何をしてもいい。コペンハーゲンの町をくまなくめぐるもよし、ディナーや舞台を楽しむもよし、地元民や他の宿泊者と親交を深めるのも、怠惰や過食やその他の中毒行為に身をまかせるのも自由だった。ラヴァルとわたしは恋におちた。そのような舞台設定での古典的パターンだ。宿舎にいた六週間のあいだ、わたしたちは連れ立ってバスや自転車に乗り、コペンハーゲンの公園やバーや美術館をめぐり、オペラやさまざまなコンサートを聴きにいき、その限られた時間で互いをよりよく知ることにいそしんだ。ある関係が一定期間しか続かないとわかっている場合、自己防衛のバリアがふだんよりもはずれやすくなる。しかも、じきに会わなくなるとわかっている相手には、長く連れそう配偶者よりも点が甘くなり寛容になれる。欠点や不愉快な面が見えても、将来にわたって我慢するわけではないので幻滅しない。終わりがあるとわかっているから、相手の値踏みなどをして時間を無駄にしない。美点を貪欲に、とことん味わいつくすことに没頭する。時は刻々と過ぎていくのだから。セミナーのあいだにフィリップ・ラヴァルとわたしに起きたのはそういうことだった。仕事や睡眠や身のまわりの整理についての彼の無数のこだわりをわたしはおもしろがった。病気やあらゆる感染症への病的な恐怖や慢性的不眠症をあたたかい目で見守った。彼も、わたしの強迫観念やおそれ、不眠症や自分の演奏へのこだわりに対して同様の反応を示した。一方で、それは間違いなく、非常にクリエイティブな時間でもあった。セミナーの数か月前、わたしがコペンハーゲンで録音したCDは、時計のように正確だがかたさがあった。しかし、今のわたしの演奏は自然でのびやかだった。ミスするまいときゅうきゅうとするのではなく、演奏に入り込み、自然にあふれだすものを心から楽しんでいた。幸い、その特別な瞬間を証明するものがいくつか残っている。学校との契約でとった録音と、三つのラジオ番組に出演したときの演奏は、演奏家としてのわたしの最高の到達点の証拠として今もとってある。コペンハーゲンの国立劇場でラヴァルが指揮した二度のコンサートは、どちらも鳥肌ものだった。聴衆は立ちあがり、拍手はいつまでも鳴りやまず、共演者たちは彼と同じ舞台に立てたのは望外の幸せだったと讃えた。以後、彼の仕事を間近に見てきたが、あそこで過ごした一か月半は、彼の演奏家人生のなかで、最高とは言わないまでも、最良の時期のひとつだったのは間違いない。今のほうが安定しているが、あの時期の録音を聴けば、感情表現にあのときにしかない透明感がある。

わたし同様、ラヴァルは既婚者だった。ブリュッセル郊外の邸宅で奥さんと娘たちが待っていた。丸顔で金髪の三人の娘の写真を、彼は携帯電話に入れていた。互いのパートナーのことは、どちらも話さないようにしていた。意外に思われるだろうが、そのこの上ない喜びの時間には、罪の意識も自分の世界に戻ったときにどうなるかという怯えも入りこむ余地はなかった。あるのは、今という時だけ。現実とパラレルな異世界にいるかのように。こういう経験のない人は、自分を正当化するためのへたな比喩と思うかもしれない。でも、経験のある人なら、わたしの言っていることが痛いほどわかるだろう。

九月末にセミナーが終わると、わたしたちはそれぞれの国に帰った。家に戻り、ふだんの日常をとりもどすのはいいことだった。けれども、少なくともわたしの場合、自宅は出たときと同じではなかった。当初、夫のマウリシオがいなかった。ラレドに出張に行っていたのだ。まずいタイミングだった。自宅や日常生活に再びなじむ時間はたっぷりあった。たとえば、わたしの練習室は何もかももとのままだった。本もCDも同じ場所にあり、譜面台や楽譜に積もったほこりがやや厚くなっているだけだった。けれども、自分の家やまわりの空間にいるときの心持ちも自分のからだも前とは違っていて、そのときはまだそうと意識していなかったが、もとどおりになれなくなっていた。最初の数日は、ラヴァルの匂いや味がまだわたしの中にあった。それが、抗しがたい波のように押しよせてきた。そこまで望んでいなかったのに。そうなると、いくら心穏やかでいようにもそうはいかず、あとから喪失感や懐かしさ、罪悪感に襲われた。前と同じ生活が続くことをわたしは望んでいた。それはそうするしかなかったからではなく、本当にそうしたかったからだった。十年以上夫とともにしてきたベッドで毎朝目覚めるたびに、今までどおりでいようと思った。選ぶのはこちらの生活だ。津波のように押しよせてくる感情や思い出など、できるものなら、永遠に葬りさりたかった。けれども、わたしの意志は、ラヴァルの影響力を消しさるのに十分な解毒剤にはならなかった。

マウリシオは、土曜日の正午ごろ、わたしが感情を整理しきれないうちに帰宅した。嵐のただなかで救命ボートを見つけた者のように、わたしは安堵して彼を迎えた。その週末は二人でゆったりと過ごした。二人で映画を見て、スーパーに行った。日曜日はお気に入りのレストランで朝食をとった。旅の様子や、それぞれのフライトの難点などを語りあった。再会から数日のあいだ、ラヴァルのことを話すべきかどうかと、わたしはことあるごとに自問した。隠しごとはしたくないし、これほど深刻なことならなおさらだった。これまで隠しごとなどしたことがなかった。許してもらいたい、できるなら慰めてもらいたいと自分が望んでいるのがわかった。けれども、さしあたって黙っていることにした。正直でいたいという気持ちよりも、夫を傷つけること、夫婦関係が壊れることへのおそれのほうが強かった。月曜日、二人とも仕事を再開した。思い出は襲ってきたが、わたしはどうにか自分をコントロールした。二週間後、ラヴァルが再び現れるまでは。

　ある午後、見覚えのない局番の長距離電話がかかってきた。出る前に、心臓の鼓動が速くなった。受話器をとると、短い沈黙の後、電話線の向こう側でラヴァルのアマティ〔一六―一七世紀にイタリアで活躍したバイオリン製作者の一族〕が聞こえてきた。自宅にいながら、何千キロも先で奏でられるバイオリンの音色を聴いたとたん、やっとのことでふさがりかけていた傷口がぱっくりと開いた。一見無害なその通話が、本来フィリップ・ラヴァルが属していなかった空間へと彼を招きいれてしまったのだった。ラヴァルはどういうつもりだったのだろう。また連絡をとりあいたい、わたしのことが忘れられない、自分の気持ちは終わっていないと伝えたかったのか。言葉で言われたわけではなかったが、わたしの心の安定を揺るがすには十分だった。そして二度目の電話があり、今度は彼の声がした。自宅から二ブロックほど離れた公衆電話からかけているとのこと。前の通話でバイオリンが語っていたことを、彼は言葉で説明した。わたしたちのことをずっと考えつづけている、もう離れられないと言い、カードの度数が尽きるまで数分間しゃべりつづけた。わたしは大切なことを二つ、伝える時間しかなかった。一つはわたしも彼と同じことを思っていること、もう一つは、二度と家に電話をしないでほしいこと。ラヴァルは、かわりにメールや携帯でメッセージを送ってくるようになった。朝に夕にメールをよこし、そのときの気分から朝食や夕食のメニューまで、あらゆることを語った。どこに出かけたか、仕事でどんなことがあったか、思ったことや娘の病気のこと、そして、これが何よりきつかったのだが、欲情を事細かに伝えてきた。永久に葬りさったと思っていたパラレルな世界が再びそこに現れ、形をとりはじめた。確かな手応えのある現実の空間がむしばまれ、わたしの心はうつろになっていった。少しずつ、彼の生活パターンをわたしは覚えていった。何時に娘たちを学校に送っていき、何曜日は家にいて、何曜日は外出するか。メールのやりとりを通じてわたしはラヴァルの世界に近づき、彼も本来わたしのものだった場所に自分の空間を広げていった。もともと夢見がちだったわたしの性分は、さらにその傾向が強まった。それまで七十パーセントは現実、三十パーセントは夢想の中で生きてきたとするなら、そのパーセンテージが逆転し、会う人ごとに身を気づかわれるほどになった。マウリシオも、何が起きているのかといぶかしみはじめた。

ラヴァルとのやりとりは中毒的で、わたしは彼とのはてしない会話なしではいられなくなった。メールはわたしの日常の最も生き生きとした不可欠な部分となった。何かの理由で彼の返事がいつもより遅れたり来なかったりすると、不安がからだに現れ、知らず知らずのうちにわたしは歯をくいしばったりてのひらに汗をかいたり脚を小刻みに揺すったりしていた。コペンハーゲンでは、互いの配偶者の話はどちらもほとんどしなかったのに、離れているせいでたがはずれた。互いの結婚生活が、日常的にのぞき見の対象となった。当初は夫婦関係への不安や疑問をもらすだけだったのが、やがて配偶者への不満や批判にまで話が及んだ。けれどもその後で、配偶者のやさしさを言い訳がましく語り、結婚生活を続ける決意でしめくくるのだった。穏やかで寡黙な夫婦関係を保っていたわたしと異なり、ラヴァルは不幸だった。少なくともわたしにはそう語っていた。十八年の結婚生活の大半はまさに地獄だった。奥さんのカトリーヌは、もっと自分のことをかまい気づかうよう彼に求め、暴力をふるった。ラヴァルがそんな状況にいると思うと悲しくてたまらず、たとえば、ブリュッセルのやまない雨が窓を濡らす日曜日、家に閉じこめられ、金切り声や罵倒に黙って耐えている姿を想像するといたたまれなかった。それでも、ラヴァルは家族を棄てる気はなかった。最後までそんなふうに暮らすしかないとあきらめていて、そのあきらめは理解に苦しむ一方で、正直わたしをほっとさせた。わたしも、夫のマウリシオを棄てたくはなかったから。

二か月以上、メールしたり、たまに携帯で通話をするうちに、しまいにそこそこに心地よいルーティンができあがった。わたしの注意力だか、注意力のなごりだかは、仮想空間のラヴァルに向けられていたが、日常生活はそれなりにしのぎ、楽しめるようにさえなっていった。彼との再会の可能性が浮上するまでは。

前にも言ったが、ラヴァルは三か月に一度バンクーバーに行っていた。コペンハーゲンのあとで初めて訪れた際、彼はそこでわたしと会うことを思いついたのだった。その冬、彼が行くのと同じ日程で、かなりよい報酬をつけてワークショップの講師としてわたしを招待させることなど、彼にとっては朝飯前だった。危険だが、たまらなくそそられる提案だった。行けば、ようやくとりもどしたあやういバランスを失いかねないとわかっていたが、わたしは断れなかった。

こうして、わたしたちはカナダで会った。再び森と湖に囲まれて過ごす、三日間の美しい日々だった。夏のセミナーのときの感情が、今度はもっと差し迫り、凝縮してよみがえった。わたしたちは極力ほかの予定をいれずに、教えていない時間は彼の部屋で過ごし、考えられる限りの方法で相手のからだや反応や気分を再確認することにいそしんだ。勝手知ったる領地に戻り、二度と外には出まいと思っている旅人のように。今現在のこと、その再会が人生にもたらした喜びや変化についてさかんに語りあい、幸福は、家庭の事情や地理的距離に制約されない、日常の外のこのわずかな空間にあるという結論を引き出した。

バンクーバーの次は、ハンプトンで会った。その数か月後には、ベルリンの室内楽フェスティバル、そしてアンブロネの古楽フェスティバルがあった。再会の指揮をとったのは、すべてラヴァルだった。それでも、時間は足りなかった。少なくともわたしは、会うたびに家に戻るのがつらくなった。わたしは、デンマークから帰ったときよりずっと顕著な虚脱状態に陥った。しょっちゅう忘れ物をし、部屋に鍵を置いたまま外に出た。何よりまずかったのは、夫との共同生活に困難をきたしだしたことだった。なんとかやっていこうという意欲がうせると、現実は廃屋のように崩れはじめた。だが、姑からの電話がなければ、わたしは自分の状態に気づかなかったかもしれない。姑はマウリシオと話し、ひどく気をもんでいた。

「ほかの男に恋をしたのなら、手に負えないわね。どうにか気持ちを抑えるようにしてくれるといいけど」。姑らしい歯に衣きせぬ口調だった。

うわの空だったが、まだふさがってはいなかったわたしの耳に、その言葉は届いた。

ある午後、夫が仕事から早く帰ってきたとき、わたしは十年前にラヴァルが演奏したショパンのバイオリンとピアノのためのコンチェルトを大音量で聴いていた。夫のいるときには、かけたことのないCDだった。彼が帰ってきたのを見てわたしがあわてたせいか、それとも最初からそのつもりだったのかわからないが、その日夫は、どういうつもりだと問いただした。正直にこたえられたらどんなによかったか。葛藤やおそれや苦しい思いをはきだしてしまえたら。けれどもわたしは、嘘をつくことしかできなかった。なぜそうしたのだろう。形こそ違え、まだ深く愛している相手を裏切るのは胸が痛んだからか、それとも、夫の反応を怖れたからか、遅かれ早かれ、いずれもとのさやに戻るという希望があったからか。姑の言うとおりだった。事態は、わたしの手に負えなくなっていた。さんざん迷ったあげく、わたしは次の旅行をとりやめ、何がなんでもラヴァルから遠ざろうと決心した。ラヴァルに状況を書き送り、指のあいだからこぼれ落ちかけている人生をとりもどすのを手伝ってほしいと頼んだ。彼はショックを受けたが、理解を示した。

ラヴァルと連絡を絶って二週間が過ぎた。ところが、二人の人間が互いのことばかりをしじゅう考えていると、通常のコミュニケーション手段をこえた絆が生まれる。彼を忘れよう、少なくとも前のように考えまいとしたにもかかわらず、からだがそれに逆らい、制御不能な身体感覚を通して己の意志を表しはじめた。

最初に感じたのは、股間のむずがゆさだった。けれど、いくら見ても変わったところはないので、そのまま我慢することにした。数週間すると、はじめはあるかないかわからないほどかすかだったかゆみが、耐えがたいものになった。時間も場所もおかまいなしに自分の性器を感じ、そうするといやおうなしにラヴァルのことに思いが及ぶ。彼から、同じことを伝える最初のメールが届いたのはそのころだった。警戒した語調で手短かに、どうやら重篤な病気、ヘルペスか梅毒か何かの性病にかかったようなので、わたしも注意するよう警告してきた。フランス語で言うところのトゥ・クラシェ、つまり、いかにも彼らしい、心気症の人間特有のリアクションだった。だが、そのメールでわたしの視界は一変した。彼にもその症状が出ているのなら、どうやらわたしたちが患っているのは同じ病だ。

ということは、彼が思っているような深刻な病気ではなく、菌の感染症だろう。菌はかゆみを伴う。根が深いと傷むこともあり、菌のついた部分を、四六時中意識させられる。わたしたちに今起きているのはそういうことだろう。わたしは何通か愛情をこめたメールを送り、彼を落ち着かせようとした。それぞれの町で医者に行こうと約束し、わたしたちはまた連絡を絶った。

診断は、予想どおりだった。婦人科医は、粘膜中の酸の変化を抑えれば微生物やバクテリアはおとなしくなるので、五日間軟膏を塗ればたちまち根絶できると言った。だが、そうとわかると、かえって気持ちが落ち着かなくなった。生きているものがわたしたちのからだの、互いの不在が最も顕著な部分にすみついたと思うと、わたしは動揺し呆然となった。菌は、フィリップ・ラヴァルにわたしをいっそう強く結びつけた。処方された薬を最初はせっせと塗ったが、いくらもたたずにわたしは塗るのをやめた。どちらにも現れた菌への愛着が湧き、それが自分たちの一部と思えてきたからだ。菌に毒を盛りつづけるのは、自分の大切な部分を切り取るようなものだ。かゆみは不快だったが、愛に代わる心の慰めとなった。かゆみのおかげで自分のからだにラヴァルを感じ、彼に今起きていることをつぶさに想像できた。そこでわたしは、菌をそのままにしよう、家庭菜園で野菜を育てるように世話していこうと決心した。しばらくすると、再び活発になった菌は目に見えるようになった。最初は白い点々だったのが、やわらかな手触りの小さな丸いふくらみに変わった。しまいにきのこの小さな傘が何十も現れた。わたしは何時間もはだかになって、自分の外陰部から鼠径部に広がったきのこをうっとりとながめた。ラヴァルは今ごろ、菌を根絶しようと必死になっているだろうと想像しながら。ところが、ある日舞いこんだメールで、自分が間違っていたことを知った。そこには「ぼくの菌は、またきみに会うことだけを願っているよ」と書かれていた。

わたしは、以前ラヴァルとの電話に費やしていた時間を、菌のことを考えるのにあてるようになった。記憶からすっかり消えていた母の菌のことを思い出し、その奇妙な生物について書かれた文章を読みはじめた。見た目は植物のようだが、ほかの生命に寄生することでしか生きていけない生物。非常に多様な生き物が菌類に分類されることも知った。およそ百五十万種の菌が存在し、そのうち研究されているものは十万種にすぎない。感情とよく似ていると、わたしは思った。じつにさまざまな、しばしば共存する感情が「愛」と定義される。恋心は、多くの場合、やはり思いがけない形で偶発的に芽生える。ある日、ほとんど気づかないほどかすかなむずがゆさを感じたかと思うと、翌日には根をはり、まぎれもないものとなる。少なくとも見た目には。菌を根絶するのは、腐れ縁を絶つのと同様やっかいだ。母はそれを知っている。母の菌は母のからだを愛し、必要としていた。ラヴァルとわたしに発生した生命体が、失われたテリトリーに代わるものを求めているように。

メールを書くのをやめたら、ラヴァルとの関係を断てると思ったのも、そうやって犠牲を払えれば、夫をとりもどせると思ったのも間違いだった。夫との関係は二度ともとどおりにならなかった。賢明なマウリシオは、いっさい騒ぎ立てずに家を出ていった。最初は三日に一度だった不在が次第に長くなった。そのころのわたしはもう、家の共有スペースにいることがほとんどなくなっていたので、どうすることもできなかった。もっと熱心にひきとめていたなら、よりを戻すことができたのだろうかと、今も思う。彼は、わたしたちが離婚しかけていることをごく一部の友人にしか話さなかったはずだ。けれども、友人はそのまた友人に話し、情報は拡散していった。すると、よしとするとか、しないとかいう議論が起こり、腹立たしいことに、意見しなければと思いこむおせっかい者が現れた。ものごとは「なるようになる」ものだから、わたしとマウリシオの成長のために必要だからそうなったのだろうと言ってなぐさめようとする者もいれば、夫は何年も前からある若い音楽研究者と関係を持っていたから、罪悪感を持つことはないと励ます者もいた。それが事実かどうかはわからない。でも、どんな言葉を聞いても、気が安まるどころか、孤独やよるべのなさがつのるばかりだった。自分の生活が一人歩きして、第三者の噂のたねになっている。誰とも会いたくなかったが、かといって一人でいるのはつらかった。子どもがいたなら、たぶん違っていただろう。子どもは、確かな手触りの日常にわたしたちをつなぎとめる強力な錨となっただろうし、かかりきりになって世話をするうちに、無償の愛で人生に喜びをあたえてくれただろう。わたしには無償の愛が必要だった。しかし、自分のことで精いっぱいの母以外に、わたしの人生にはバイオリンしかなく、バイオリンはラヴァルだった。もう一度彼を求めようと、とうとう決心したとき、ラヴァルはいつもどおりいそいそと返事をよこしたばかりか、これまでにない連帯感を示した。日に何度も電話をかけてきたりメールをよこしたりして、わたしの悩みに耳を傾け、アドバイスや励ましをくれた。それから数か月、彼は誰よりもわたしの精神の回復に尽くしてくれた。彼の電話と、インターネット上でのやりとりは、わたしにとって唯一の心楽しい、他人との接触となった。

子どものころ、母がしたのと反対に、わたしは菌を永遠にそこにとどめておくことにした。寄生生物とともに生きるとは、占領を受け入れることだ。どれほど無害なものでも、寄生生物は広がるのが宿命だ。境界線を決めないと、からだじゅうを侵食する。そこでわたしは、鼠径部までは菌を自由にしておくが、それ以外の場所にはぜったいに行かせないと決めた。ラヴァルのわたしへの態度は、わたしの菌へのそれとよく似ていた。決まったテリトリーの外には、決してわたしを出そうとしない。用事があれば電話をかけてくるが、わたしのほうからは何があってもかけさせない。会う場所や時間を決めるのも彼なら、奥さんや娘の用事で都合が悪くなったと予定をキャンセルするのも彼だった。彼にとってわたしは、呼べば必ず現れる幽霊だ。一方、わたしにとっての彼は、気がむいたら勝手に出てくる亡霊だ。寄生生物というのは――今ならわかるが――、元来、不満をかかえた生き物なのだ。どんなに栄養を与えられ世話されても充足しない。隠れてしか生きられないのに、往々にして一方でそれが欲求不満のたねとなる。常に寂しい生き物だ。脳にとって、湿気の匂いとうつの匂いはよく似ているという。それは真実に違いない。わたしは苦悩が積もると、精神科医に抗うつ剤を求めるようにラヴァルのもとに逃げこむ。そして、すぐにとは限らないが、彼はたいがいそれにこたえてくれる。とはいえ、彼はいいかげんうんざりしている。誰だって、自分の生活を侵されたくはない。家庭の問題に加え、コペンハーゲンで出会ったときのわたしとは似ても似つかない、傷つき怯えた女と化したわたしなど、かかえこみたくないのだ。何度か再会の機会もあったが、わたしたちはもう前のようではない。彼も怯えている。わたしへの責任を感じ、わたしの他愛のない言葉にも、奥さんと別れて自分といてほしいという無言の要求を感じとる。わたしはすべて察している。だから、健康を損ないつつも、前ほど彼との接触を求めないようにしてきたが、欲求はとどまるところを知らない。

もう二年以上、わたしは目に見えない姿をとっている。思い出や、世界のどこかでのつかのまの再会や、どんなに望んでも自分のものにならない、他の有機体から奪ったものを養分にしてどうにか生きている。音楽は続けているが、何を弾いてもラヴァルに似てしまう。ラヴァルの猿まねのような演奏には、誰も見向きもしない。あとどのくらいこうして生きられるのか。でも、わたしと同じようにして、何年も生きている者がいるのは知っている。彼らは独自の次元で家族や菌のコロニーをつくり、ある日ひょっこり、たいていは宿主が死んだときの通夜の席に現れ、みなの知るところとなる。わたしはそうはならないだろう。子どもを持てないからだだから。わたしはラヴァルの子孫を残さない。ときおりわたしは、彼の顔や声の響きに、母が黄色っぽく変色した爪に見せていたのとよく似た拒絶感、そこはかとない嫌悪を感じる気がする。だから、かまってほしくてたまらなくても、できるだけ慎み深くふるまう。彼が欲するか必要としたときだけ、わたしの存在を思い出してくれたらいい。不満はない。わたしの命は弱々しく、わずかな栄養ももう必要としていない。残された時間は部屋にこもり、このままじっと動かずにいるつもりだ。ここ数か月、よろい戸をほとんどあけていない。薄暗がりと壁の湿気を楽しんでいる。何時間も、ひたすら自分の性器の空洞——幼いころ、ちらっと見た、手足のないペット——をまさぐっている。わたしの指は、ラヴァルがそこに残していった音符を目ざめさせる。許される限りわたしは、このままこうして彼の生命のかけらにしがみついているだろう。わたしたち二人をひと思いに解放する薬を彼が手に入れるときまで。

北京の蛇

この街に住む多くの家族同様、ぼくの家族は多様なルーツを持つ。父は中国生まれだが、二歳のときにフランス人夫婦の養子としてパリに来て、ミシェル・エルザンという、ぼくと同じ名前をつけられ、フランス流に育てられた。母はオランダのアルクマールの近くで生まれ、十九歳までプロテスタントの家庭で育った。人生の三分の二をここパリで暮らし、フランス語の発音は完璧だ。それでもオランダの食文化——チーズをのせたパンと極上のデザートをこよなく愛している——や道徳観は決して手放さなかったし、故郷のしきたりに従って、隠しだてすることは何もないと世間に知らせるために、家のカーテンをいつも開けていた。父はこれといった信仰を持たなかった。母は女優で、父は劇作家。二人はラテンアメリカで知り合った。父の書いた芝居が上演され、母が主役をつとめたとき、つまりぼくが生まれる六年前、四十年近く前のことだ。そのときから二人は、母がたまに里帰りか仕事で旅に出るとき以外、離れたことがない。ぼくの子ども時代と思春期の一部を通して両親は、決して割れることのないブロック、ひび一つない強固な城壁のようだった。ルーツと文化の混淆以上にぼくにとってやっかいだったのは、融合夫婦の一人息子であることだった。両親は互いに独特の力学でつながっていた。父は、養父母からたっぷり愛情を注がれながら、いまだ孤児の雰囲気をひきずっていた。母は父にとって職業上でも家庭生活でも、もう一人の継母だった。父を心理的子宮におさめておくことに心血を注いでいて、父はずっとその中におさまっているかのように見えた。モントルイユのこの家を建てようと言いだしたのは母で、彼女のオランダ女性らしい大工の才覚のおかげで、何年たってもびくともしない頑丈な家ができあがった。そうやって両親はいつまでも恋人同士のように仲睦まじく、二人で年老いていくものとぼくは思っていた。年とともに東洋人らしさを増した父は家庭菜園でのんびり水やりをし、母は昔話のぽっちゃりしたおばあさんのように、チェックのエプロンをかけてケーキを焼いているものと。ところが、あるときを境に、ぼくの予想は怪しくなった。彼らを十七年間観察してきたところで、ゆゆしき変化が現れたのだ。中国の賢者によれば、人間の行動のおおもとは地下にあるので、物事がはじまった時期は特定し難い。だから、正確にはいつ父が変わったのか、ぼくは説明できない。また、その不協和音が潜在的なものだったのか、それとも母とぼくの推測どおり外的要因によるものだったのかもわからない。ともかく熟年にさしかかってから、父が自身のアジアの出自にこれまでになく関心をもち、ある種の個人的探求を密かにはじめ、それをぼくたちと共有したがらなかったのは確かだった。

変化は、父のはじめての中国旅行のあとであらわになった。北京を拠点とする、ある有名な劇団が、父の代表作『環の女』を上演することになり、父は舞台監督として招かれたのだ。フランス人の名前で活動の場もフランスの、きわめて西洋的な戯曲の作家が、彼らと同じような容貌と肌の色をしているとは誰も思っていなかった。その旅行は父のアイデンティティへのまさに一撃となった。二週間のはずだった滞在は三度にわたって延長され、けっきょく一か月半に及んだ。父によると、自分自身について学ぶことが山ほどあり、それより早くは戻れなかったとのことだった。それはどういう意味だったのだろう。父は一度もそれ以上はっきりと説明しなかった。母とぼくは、父が生物学的両親の居場所をさがすか、親がすでに死んでいるなら、ほかの身内の消息を調べようとしているのだろうと憶測していたが、帰ってきた父はそれを否定した。

父は、すっかり様変わりして北京から戻った。弱々しく無口になり、外見もがらりと変わった。白髪が増え、体重が激減した。表情があまりにうつろなので、すぐには父とわからないほどだった。それからまもなく、父は誰の手も借りずに、家の屋上に書斎を造りはじめた。父がいくら否定しようと、母とぼくには仏塔にしか見えない建物だった。母が目顔でぼくに同意を求めてきたのは、ぼくの記憶ではそれが初めてだった。母の目はほほえんでいたが、そこには父の心の健康への不安が見てとれた。当然ぼくも同じ気持ちだった。書斎が完成すると、父はそこに蔵書の大半を持ってあがり、新たに購入する本も運びこんでいった。父のふるまいは、自分を埋葬するために建てさせたモニュメントにすべての持ち物を運びこんでこもる皇帝を思わせた。父が買ってくる本はどれも、父の新たな興味に関連していた。演劇、小説、哲学、歴史、東洋占星術、たいがいは英語で書かれた仏教や儒教の本が次々届き、父はポストから直行で書斎に運びあげた。当初、母はまだあたたかく見守っていた。父は反抗期に入り、親ばなれしようとしているのだと冗談めかして言っていた。実際、父は以前のようには母と過ごさなくなっていた。以前なら夜は、共同の書斎でおしゃべりをしたり母のせりふの稽古につきあったりしていたが、今は新しい避難所にこもりっきりだった。無言のままひっそりとひきこもる父の姿は、瞑想のために山中の孤独を求める修行僧を思わせた。けれども、母はそんなふうには見ていなかった。まもなく寛容な態度を手放し、父が仏塔に似た書斎の窓辺に現れ、このところ常に浮かべている放心した表情で外をながめるのを見るたびに怒りをつのらせた。

それからまもないある土曜日の朝、父は、誰にも何も告げずに車で出かけていった。母の苦渋に満ちた表情を見ると、ぼくはいつものように友だちと出かけるわけにもいかず、午前中は母のそばにいて、昼ごはんを作るのを手伝った。帰宅した父は、飼育箱をかかえていた。中に蛇のシルエットが見えた。父は「ただいま」と言って、キッチンのドアの前を逃げるように通りすぎた。ぼくたちは何も言わなかった。わずかなあいだのあまりの変貌をどう捉えたらよいか見当がつかなかったのだ。それでも、食事のときに聞きだそうとはした。なぜ買ったのか、どうするつもりなのか、毒はないのかなど。父は肝心なことには何ひとつこたえず、蛇は中国では癒しのシンボルだと言ってはぐらかした――少なくともぼくにはそう思えた。

その午後、何か手がかりがないかと母とぼくはゴミ箱をあさり、父がその蛇を地下鉄のゴブラン駅近くのペットショップで買ったのを知った。ポリ袋に住所が書かれていた。蛇を運び入れた書斎に、父はそのまま住みつくかに思われた。飼育箱の前で、いつまでもただ蛇を見つめている。熱中のあまり、時には部屋のドアを閉め忘れるほどだった。いったいどうしたというのだろう。これまではなんでも共有してきた母を、ルーツさがしからはなぜ閉めだすのか。オランダ人の妻の子宮の中にいるのに飽きたのだろうか。まさに謎だった。ぼくは傷つくよりも、父の狂気の芽生えに興味をひかれた。毎日午後になると台所から双眼鏡で、父の隠れ家の唯一の窓の中をのぞくようになった。もとの家との調和をこれっぽっちも考えずに建て増ししたその部屋で、それほど長時間、何に打ちこんでいるのだろう。閉じこもっているおかげで創造力が湧きあがり、傑作が生み出されるのではないかという期待を最初はいだいた。しかし、何度のぞいても、いっこうにものを書いている気配はなかった。何か読んではいたが、そうでないときは、椅子に座って蛇を見ていた。その姿はどこか哀れを誘った。

それから二週間後の土曜日、父はまた何も言わずに外出した。母は父の服をさぐって書斎の鍵をさがしあてた。父が一度も招待してくれないその部屋に、父が留守のあいだに入ろうというのだ。夫の避難場所というより、まるで殺人犯の隠れ家であるかのように、母が冷淡に、批判的な感想をもらしていたのをよく覚えている。母のゆがんだ顔にあったのが拒絶だったのか、悲しみだったのかはわからない。一方ぼくは、父がわずかなあいだにためこんだものを興味津々ながめた。いくつかの青い金属の球、陰陽を表した版画、中国の硬貨、龍の描かれた布、骨董品らしい小さな敷物、書き物机には道教と易経の本……、すべてがまるでインスタレーションのように、すぐ手の届くところに置かれている。そういった象徴めいた物や怪しげな書物で先祖を召喚しようとしているわけでもなさそうだった。部屋にあったもののなかで、母はともかくぼくの興味を最もひいたのは蛇だった。一メートルぐらいあっただろうか。完璧に左右対称の黒のまだら模様がある褐色の蛇だった。母とぼくはガラスの前で足を止めた。蛇は飼育箱の隅でとぐろをまいてぐっすり眠りこんでいるようだった。どんなに目を凝らしても、頭も尾も見当たらなかった。ぼくは母を安心させようと、おとなしそうだから危険はないだろうと声をかけた。けれども、母はおそれおののいて、そそくさと外に出た。ドアをしめると、鍵をもとの場所に戻して階段をおりた。母は台所のテーブルでなみなみとウィスキーを注いだ。

「わたしたちの家に悪魔が入りこんだわね」

そうつぶやくと、蛇とその性質について、思うところを数分間まくしたてた。誘惑、身勝手、悪……。母に言わせると、それは父そのものだった。中国から戻ってからの父は、それらすべてを持ちあわせていると。

「あんなにやせちゃって！　アヘンでもやっているのかしら。それなら破滅だけど、少なくとも納得できるわ」。母の言葉をぼくは唖然として聞いた。

月曜日、ぼくは学校をさぼって、父が蛇を買ったペットショップに行ってみた。店員は、アジア系の中年の男女だった。たぶん夫婦だろう。もちろん立ち寄った理由は明かさずに話しかけたが、どちらもとりつく島がない。何か買う気がありそうなそぶりを見せると、ようやくぼんやりと目をあげた。壁に並んだ水槽やカメやカメレオンが入っている飼育箱のあいだをうろうろしてから、蛇は売っていないのかとたずねてみた。男は無言でぼくを見返した。なぜかしら、背丈や体重を見定められているような気がした。

「いるよ。いるに決まってる。うちの専門だよ」。女がこたえた。

女は、店の奥の小さな暗室にぼくを案内した。人工照明で藍色に染められた部屋だった。数分間、飼育箱を見てまわった。どのケースにも二匹ずつ、色も大きさもさまざまな蛇がいた。表面がつるつるした感じのものもいれば、ごつごつしたもの、ふくらみのあるうろこと左右対称の模様が、編んだカゴを思わせるものもいた。ケースによって、中に入れてある草も光の強さも違っている。ぼくは青い小鳥を骨ひとつ残さず悠然と食べているアナコンダの前で思わず足を止めた。

「こんなのはほんの前菜さ。腹が減ったら、こいつはあんただってひとのみだ」と男の店員が言った。

気をしずめようと、ぼくはまた歩きだした。そのとき、父が飼っているのと同じ蛇が目に入った。やはり眠っている。

「これは、なんていう蛇ですか?」。女の店員にたずねた。

「学名はダボイア・ルッセリイ」。女は、飼育ケースの下にはさんである札に目をやってこたえた。インドに多いが、中国でも「クサリヘビ」の名でよく知られている蛇らしい。

「いいですね、おとなしそうで」。ぼくは嘘ぶいた。

女は首を横にふった。

「猛毒だよ。気性はものによりけりだけど。おとなしいのもいれば、そうでないのもいる。いつもはこんなじゃない。今はふさぎこんでるのさ」

売りつけようという戦略だろうかと、ぼくは心の中で思った。ペットを飼いたがっている若者なら、あまり動かない蛇を欲しがるかもしれない。

「発情期なのに、このあいだオスをとりあげられてさ。仲がよかったから、オスを買った客に、二匹とも持っていけってさんざんすすめたんだよ。でも、うんとまけると言ったのに断られてさ」

女が読みあげた名札に書かれた値段を見た。千五百ユーロ。中国から帰ってから、父が浪費したお金のことが頭をかすめた。増築だけでも、何千ユーロか、かかったはずだ。もう一度メスを見た。連れ合いをなくして、さぞ寂しかろうと思った。

胃にずんと重たいものを感じながらペットショップを出た。生まれ故郷へのノスタルジーから、父はそこに生息する動物を手に入れようと思ったのだろう。学校に行かずに、ぼくはまっすぐ家に帰った。父は、外国の劇場の支配人をしている友だちに会いに出かけていた。ぼくの発見を知らせたら、きっと母は喜ぶだろうと思った。戻って正解だった。ドアをあけるなり、嗚咽し、すっかり取り乱している母が目に入った。学校はどうしたとも聞かず、母はいきなり訴えた。

「父さんに愛人がいるの。旅行のときに知り合ったアジア人よ。だから、蛇は不吉だって言ったのよ。ああ、どうしたらいいの？　帰ってきてくれてよかったわ」

ペットショップに行ってきたことは言わないことにした。そのかわりに、町の反対側にある、母のお気に入りのケーキ屋に誘った。母はおとなしくついてきた。気が転倒するあまり、今ならなんでもぼくの言うとおりにしそうだった。喫茶室に入り、目の前のザッハトルテをまるで石を見るように見つめながら、母はわかったこと、発見したことをぼくに語った。

その日の朝、父が仕事の約束に出かけていくと、母は屋上の書斎に入り、父のインターネットのアカウントをチェックした。父はその手の機械に疎く、メールの設定はいつも母がしていた。母はコンピュータのゴミ箱に、二枚の問題の写真を発見した。どちらの画像も、父が中国を旅行したときの日付がついていた。

「チョウシュンていう人。女優で、たぶんうんと若い娘」と母が言った。

母によると、一枚は展望台で撮ったもので、父も写っている。訪れると誰もが携帯で記念写真を撮る、典型的な撮影スポットだ。二枚目は、二人ともほほえんでいる。うすい服をはおっているだけで、場所はアパートのキッチンのようだった。日付のほか、写真の下のほうには二人の名前が入っていた。その女優が撮って送りつけてきたものと母は決めつけて、ケーキに口をつけず、小一時間自分の運命を呪いつづけた。出会ってこの方、父のために払ってきた犠牲を並べたて、父が今のように名のある劇作家になるために、どれほど自分が努力し、安心できる家庭を築いてきたか、いつも父を家庭の中心に置いて主役になるよう尽くしてきたかをまくしたてた。それはぼくにも自明のことだったし、父にだってそうだったに違いない。父に裏切られてどれほどがっかりしたか、心中を吐露し嘆くのに疲れると、母はまたあのペットのことに話をもどした。

「蛇は縁起が悪いって、だから言ったのよ。頼むから、あれを処分して」

「自分でやればいいじゃない」

　ぼくの言葉を、母はきっぱり拒絶した。

「お父さんに見つかっても、あなたなら許してもらえるでしょう」

　母は、あの蛇を夫婦不和の権化と信じて疑わなかった。母は結婚にすべてをかけてきたのだ。その願いをどうして断れるだろう。ぼくは母のふるえる手をにぎり、まかせてくれと誓った。母は深い安堵のため息をついてから、のろのろとケーキを口に運びはじめた。ようやく罰をまぬかれた、りこうな子どものように。

　帰りは別の道を通ろうとぼくが提案し、ガイテ駅で地下鉄に乗った。エドガール・キネで降りて、墓地を通り抜けた。二人とも黙ったまま、黄色やオレンジ色の落ち葉のじゅうたんの上を歩いた。いつものように墓碑の文字に目がいった。石に刻まれた都市名や日付、時には碑文にも。けれども、その日は、自分や両親の墓のことを考えた。けっきょく最後には、名前と二つの年月日と二つの都市名だけが残るのだ。ぼくの場合、都市名は一つだろう。父がどこで死に、どこで埋葬されるかは今は知りようがないが、名前の下に「一九五三年北京」と記されるのは間違いない。母も同じことを考えているのだろうか。わからなかったが、ぼんやりと物思いにふけっていたのでぼくは黙っていた。何分かすると、母のほうから問いかけてきた。

「気づいた？　女の人はたいていて夫とそろって葬られてる。一人でお墓に入ってる人はめったにいないわ」

父とともに埋葬されないのではということを、母はおそれているのだった。

「ほら、サルトルとボーヴォワールのお墓よ」。ふいにおもしろいものを見つけたかのように母が言った。母が指差す墓碑を見ると、白い石に黒い文字が刻まれていた。「とんでもない夫婦だったのにね。何年も三角関係でどろどろだったのよ。なのに見て、普通の夫婦みたいにおさまっている」

その午後、ぼくは母に約束した。蛇を殺すこと、そして何があっても、父を母と同じ場所に埋葬することを。

「当然よ。何年も積み重ねてきたことを、十五やそこらの小娘に踏みにじられてたまるもんですか」と母は結んだ。

数メートル先に、中国語とフランス語の金色の文字が刻まれた二つの灰色の墓碑があった。どちらにも、大勢の家族が眠っていた。

「ぼくも母さんたちのお墓に入るんだよね。あんな大人数で入れるところに二人きりじゃさびしいよ」と母に話しかけた。

母は、その午後ぼくに話したことを、その後二度と話題にしなかった。家に帰ると、ふだんどおりに食事の支度をし、少なくとも見た目はいつもの母に戻った。けれどもぼくの心には、二つの約束、特に一つめの約束が重くのしかかっていた。

ベッドに入る前に、インターネットで父の蛇のことを検索してみた。ダボイアは、インドの四大毒蛇のひとつだった。その名前はヒンドゥ語で「闇に潜み待ちうけるもの」を意味するらしい。ぼくは、父の北京の愛人のことを思った。それから、この蛇を飼う危険性を調べた。この蛇の毒は呼吸を妨げる神経系のもので、噛まれると窒息したようになる。すぐに抗毒剤を投与しないと、ひと噛みで命取りになることもあるとのこと。どちらかというと小心者の父が、書斎でこんな蛇と何をしているのだろう。ぺらぺらのガラス一枚へだてただけで、こんな恐ろしいものを家族からほんの数メートルのところに置くとは、時限爆弾をしかけるようなものだ。家族を危険に陥れるのに、中国での浮気だけでは不十分だとでも言うのか。母の言うとおりだ。あの毒蛇は始末しなければならない。でも、どうやって？　まったく見当がつかなかった。ひと晩じゅうあでもない、こうでもないと思案し、いくつか案が浮かんだ。最初に思いついた——一番残酷ではない——のは、うちから数ブロック先にある公園に放すという案だ。でも、殺すにせよ放すにせよ、つかもうとしたら嚙まれるかもしれないし、公園の草むらや柵のところで子どもと鉢合わせさせたくない。それに、まずありえないだろうけれど、母にばれたら、約束を守らなかったとがめられるだろう。そこで、毒を使うことを考えた。安上がりだし、万事好都合だ。問題は、父に見つかったら一生責められるだろうということだけだ。それでいこうと、ぼくは決心した。翌日の午後、学校が終わると園芸用品店に行って、うちの庭で見かけた蛇を退治したいのだがどうしたらいいかとたずねた。すると、見たところ効き目のありそうな薬を勧められ、それを買い求めた。うちに帰ると、ぼくは自分の部屋のクローゼットの一番上の棚の奥にその薬を隠し、父の書斎に入る機会をうかがった。

それからぼくは、双眼鏡で書斎の窓を見つづけた。ある午後、父が易占いをしているのが見えた。それは別に目新しい光景ではなかった。父と母は以前から共同の書斎に易経の本を置いて、何か新しいことにとりかかるたびに運勢を占っていたからだ。けれども、易経はきわめて中国的な本なのに、奇妙なことに、易占いはぼくの中では父よりも母と結びついていた。テーブルにさいころをふるのは、いつも母だったからだ。その午後、双眼鏡がとらえた父の顔は真剣で、同時に穏やかだった。何を占っているのか想像がつかなかったし、いくらピントを合わせても、どのページを開いているかは見えなかった。父は机で自分の卦のページを開いた。読み終えると、本を開いたまま立ちあがった。数歩歩いて飼育箱の前に行き、椅子に腰かけて長いこと蛇を見つめていた。母は、その間、ぼくのそばで黙々と夕飯を作っていて、二度ほど夕飯ができたと呼びかけた。数分の静寂のあとで、階段をのろのろとおりてくる足音がした。父はその夜もほとんどしゃべらなかったが、金曜日の午前中、中国大使館に行ってくると告げた。大使館につてのある友人が、産みの親さがしの相談のために高官と面会する約束をとりつけてくれたとのことだった。母とぼくは驚いて顔を見合わせた。今も思い出すと胸が痛むのだが、父がこちらを見たとき、ぼくは耐えられず目をそらした。

「大事なことだろう。おまえの親族でもあるのだぞ」と父は言った。

ぼくは、祖父母ならよく知っているし、ほかに祖父母はいらないと言いかけたが、母がいつもの感情を抑えた態度でわりこんだ。

「よかったじゃない。ミシェルもきっと喜んでいるわ」

母に合わせて、ぼくはただほほえんでみせた。

金曜日の朝、父が過去をたずねに出かけていくと、ぼくは毒のびんを手にとり、父の書斎の鍵をくれるよう母に頼んだ。母は父のズボンのポケットに手を入れて鍵をとりだした。母がその時をずっと待っていたのがわかった。母はぼくが鍵をあけるのを見ていたが、自分は中に入ろうとせず、ぼくが飼育箱のほうに歩いていくのを見届けると階段を駆けおりていった。入って最初にしたのは、机の上に開いてある易経の本を読むことだった。二十九番目の卦である「坎為水《かんいすい》」のページだった。「坎は、人で言うなら心臓、体に封じこめられた魂、あるいは生命、闇に含まれる意識、理性を表す。習坎は、困難に困難を重ねるの意味。誠実であれば望みはとげられ、願いが成就する」。父よりもぼくに向けられた言葉のような気がした。そのとき、ガチャガチャと門を開く音がした。父が戻るにしては早いが、何か書類を忘れたのかもしれない。確かめようと窓から見下ろすと、外出していく母が見えた。金曜日の午前中に近所で立つ朝市にいつものように行ったのだ。開かれたページの数行に、アンダーラインが引いてあった。「三爻《こう》。行くも難、退くも難。ただ静かに待つこと。さもなくば奈落の底に落ちる。君子は常に徳をなす」

読むのをやめ、父がダボイアをながめるために置いた椅子にぼくは座りこんだ。こういう動物を飼うのは、クローゼットに弾をこめた銃をしのばせておくようなものだと思った。つまり、この世から去る手段をいつも手にしておくことだ。その朝、蛇はやや警戒しているようだった。飼育箱の中にある水の皿が目に留まった。前からあったか覚えていなかったが、毒を盛るならかっこうの場所だ。けれども、実行する前にしばし手を止めた。頭の中で、さっきの易経の言葉が踊っていた。そのとき、父が階段をのぼってくる足音がした。ぼくは椅子の座面の下に毒のびんを隠すのが精いっぱいだった。

何をしているのかと、父はたずねなかった。怒った顔も見せなかった。机に開いてある易経のほうを見て、

「読んだのだろう」

とだけ言った。

ぼくはなんとも言いようのない違和感を覚えた。そこにいる人物は、声も顔も匂いも動きも父に違いないのに、同時にまったく別人のように思えた。

弁解しなければと思った。なんの言い訳だろう。勝手に書斎に入り込んだことか、それとも易経の本で、「君子は常に徳をなす」というくだりを読んだことか。

「父さんに愛人がいるって、母さんが言ってたよ」

「ちょうどそのことを話したいと思っていたんだ」

そう言われて、ぼくは困惑した。

帰国してから見せるようになったのろのろとした足どりで父は机のところに行き、プリントアウトした二枚の写真をとりだした。母がコンピュータのゴミ箱で見つけたのと同じ写真のようだった。

裏には、名前と住所と電話番号とメールアドレスが書かれていた。

「この人だ。よく見なさい」

なるほど、とても美しい女性だった。父よりずいぶん若い。

その人に、これまでにないほど恋をしたのだと父は語った。これほど年が違うのに、こんなに夢中になるとはどうかしていると思うがと。チョウシュンは、まだ未成年だった。どうしてもあきらめられないとも言った。

「瞬時の致命的なときめきだった。蛇に嚙まれたような」と父は明かした。「一日じゅう、彼女のことばかり考えている。だが、母さんが言うことは正しくない。わたしたちは今はもう愛人ではない。北京にいた五週間はそうだったが今は違う。わたしが中国から連れだすのを彼女は期待していたが、こちらに戻ってからわたしはまったく連絡をとっていない。古代の教えによると、悪魔を祓い、煩悶を解消する唯一の方法は、正面から向きあうことだという。だからこの蛇を買った。わたしのようにメスから引き離され苦しむ姿を観察しようと」

「母さんはどうするつもり？」

「母さんはわたしのものだ。それに、わたしは母さんのものでもある。だから、ここに戻ってきた。だが、今のわたしは以前のわたしではないから、前と同じにはできない。ずっとこのままなのか、この先変わるのかは、わたしにもわからない。ともかく今は、おまえが毒殺しようとしているこの蛇と同じ、生ける屍の気分だ」

父の墓のことが、頭をよぎった。父が本当に生ける屍なら、墓碑の二行目には「二〇一二年北京」と刻むべきだろうか。そうしたら、父の人生の大半の、最も重要と思いたい時期を過ごしたパリという地名はどこにも残らなくなる。父は、中国では蛇は癒しと命の継承のシンボルだと語った。蛇は春になると、まるで再生するかのように、完全に脱皮をする。成人した子はそれと同じだ。両親がはじめた物語の継続を子が約束すると。

「蛇を殺すようおまえに頼んだのが母さんなのはわかっているよ。おまえは母さんの言うことをきくべきだし、わたしはそれを止めはしない。ただそのかわり、チョウシュンとわたしのことを終わらせてくれ。いつになってもいいが必ずたのむ。わたしは彼女に小さくない借りを残してきてしまった」

父は椅子のところに行くと、座面をもちあげてぼくが隠した毒のびんをとりだした。そして、中身を見もせずに、その液体で三角を描いて飼育箱にたらした。それから、出ていくようにぼくに言った。

母は、父とぼくのそんなやりとりを知るよしもなかった。買い物から帰ると、もう毒をやったかどうかだけぼくに確認した。蛇が動かなくなるまで数日かかった。だが、とうとう動かなくなっても、父はなかなか蛇を仏塔に似た書斎から出さなかった。中国で再生のシンボルであるというその生き物は、何か月もそのまま放置されていたが、とうとうある日、母が誰にもひとことも断らずに飼育箱ごと持ちさった。だが、母の期待に反して、蛇を葬りさっても夫婦仲はもとにもどらなかった。父の心に二度と春は訪れなかった。以前のバイタリティはおろか、旅行前の習慣をとりもどすこともなかった。日ごとに父は悲しみに沈んでいき、それが晩年の特徴となった。父が家にもちこんだダボイアは嚙みつかなかった。だが、北京の蛇は父に、どんな家庭療法でもふさぐことのできない傷を負わせたのだった。

訳者あとがき

本書は、グアダルーペ・ネッテルの短編集*El matrimonio de los peces rojos*（Páginas de Espuma）の全訳である。スペインワインの産地リベラ・デル・ドゥエロが主催する文学賞、第三回リベラ・デル・ドゥエロ国際短編小説賞を受賞して、パヒナス・デ・エスプマ社から二〇一三年四月に出版され、ちょっとした話題となった。「語りの緊張感を保ちつつ不穏な雰囲気を醸しだし、質の高い散文が日常に潜む異常を浮き彫りにする」とエンリーケ・ビラ゠マタスを委員長とする審査員が絶賛した。

私が手にとったのは、二〇一三年の夏ごろ。知り合いのイギリス人の若い翻訳家が激賞していたのがきっかけで興味をひかれて読み、「訳したい！」と思った。日常の何気ない心の動きがこれほど細やかに描かれた、現代的テーマのラテンアメリカ文学はそれまで読んだことがなく衝撃を受けた。とりわけ表題作は、自分が似たような境遇だったころの息苦しさや戸惑いを思い出しながら何度も読み返した。

リベラ・デル・ドゥエロ国際短編小説賞は、二年に一度、スペイン語の短編小説集を公募して選考するもので、賞金は五万ユーロ。受賞作は、パヒナス・デ・エスプマ社から刊行される。第四回の受賞作はサマンタ・シュウェブリン『七つのからっぽな家』（見田悠子訳 河出書房新社）で、現在第八回の公募が行われている。

初めての子の出産を迎えるパリの夫婦と真っ赤な観賞魚ベタ、メキシコシティの閑静な住宅街の伯母の家に預けられた少年とゴキブリ、飼っている牝猫と時を同じくして妊娠する女子学生、不倫関係に陥った二人のバイオリニストと菌類、パリ在住の中国生まれの劇作家と蛇という具合に、どの物語も生き物と絡みあいながら展開する。生き物といってもゴキブリや菌までであり、しかもそれを人間と並べて描くというのは、オーソドックスな西洋的思考からは出てこない発想ではないかと思う。

五編ともモノローグで描かれ、夫婦、親になること、社会格差、妊娠、浮気などをめぐる登場人物たちの微細な心の揺れや、理性や意識の鎧の下にある密やかな部分が、人間と共にいる生き物を介してあぶりだされる。率直で、時にグロテスクで露悪的でもあるが、不思議と読者をそれぞれの世界にひきこんでいく力のある語りだ。

生き物の名前も興味深い。「赤い魚の夫婦」で、あとから飼うことになったベタは、攻撃的にならないようにとオブローモフと名づけられる。ゴンチャロフの小説に出てくる無気力な青年の名前だ。また、「牝猫」の主人公の女子学生は、子猫をもらいうけたとき、「詩人と女優だ」と思い、オスはミルトン、メスはグレタと呼ぶことにする。ミルトンは『失楽園』の作者のジョン・ミルトン、グレタはハリウッドの名女優グレタ・ガルボだろう。

舞台はメキシコに限らず、パリやコペンハーゲンに広がり、登場人物の出自は多彩で、物語はコスモポリタンな様相を呈する。だがおもしろいことに、ネッテルの場合、そこにメキシコ的無秩序が入りこんでくる。ガルシア＝マルケスが、ヨーロッパを舞台にした『十二の遍歴の物語』（旦敬介訳　新潮社）に、ヨーロッパの合理性や理性では片付けられない、カリブやラテンアメリカの呪術的世界を持ちこんだように、本書の端々にはメキシコ的なものがちりばめられている。メキシコシティの交通渋滞、昆虫食、外国人から金を巻き上げようとする性質、社会格差……。この混沌とした部分も、作品に独特の手触りを与えているようだ。

初読のとき、こういったことをすべて考えたわけではないが、この物語世界に引きこまれ、ネッテルの書いたものをもっと読みたくなった。

グアダルーペ・ネッテルは、一九七三年にメキシコシティで生まれた。現在もメキシコシティに住み、通算するとメキシコで暮らす年月が最も長いというが、フランス、スペイン、アメリカなど、海外で長く暮らした経験を持つ。社会科学高等研究院でラテンアメリカ文学の博士号を取得したパリは特になじみが深いのだろう。しばしば作品の舞台になっている。

やむをえずであれ、自分から選んでであれ、海外に暮らすラテンアメリカの人間は周縁にいることになると、ネッテルはあるインタビューで語っている。中心からはずれたところにいるという感覚は、彼女の描く多くの人物につきまとっているように思われる。

物語を書きはじめたのは六歳のころとのこと。ほとんど見えなかった右目の視力を出すために、左目にアイパッチを貼っていたことで、学校でからかわれ、いじめられた。仕返ししてやろうと、エジプトでいじめっ子たちがミイラに追われて、呪いによって病気にかかったりナイル川で溺れ死んだりするというお話を書いた。みんなの前でそれを読まされたとき、もうおしまいだと思ったが、いじめっ子たちは大喜びして、続きを書いてくれとせがんだ。それ以来、書きつづけているという。ネッテルは、生まれ年が同じアルゼンチンの作家マリアナ・エンリケスと並んで、ホラーがかった作風を指摘されることがあるが、そういう志向は最初からあったようだ。

作家としてのデビューは二十代で、スペイン語とフランス語で短編集を刊行しているが、ネッテル自身、これらの作品についてはほとんど言及せず、「若いときの作品は、読んでほしくないものもある」と最近のインタビューで語っている。

注目を集めはじめたのは、二〇〇五年、アナグラマ社が主催するエラルデ小説賞の最終候補となった小説『宿主（*El huésped*）』が二〇〇六年に刊行されたころからだろう。

二〇〇八年に短編集『花びらとその他の不穏な物語（*Pétalos y otras historias incómodas*）』、二〇一一年に自伝的小説『わたしが生まれた体（*El cuerpo en que nací*）』をやはりアナグラマ社から刊行した。

『花びら～』は六編からなる短編集で、収録作の「盆栽（Bonsai）」と「結石（Bezoar）」は、英国の「グランタ」誌にも掲載された。「不穏な物語」というだけあって、どの作品もどこか不気味で猟奇的だが、不思議な美しさに満ちている。

「盆栽」には、都内の庭園で働くムラカミという庭師の男性が登場し、語り手の妻はミドリという。これまで読んだなかで特に印象に残っている本としてネッテルは、友だちが亡くなった直後に手にした村上春樹『ノルウェイの森』をあげているほどなので、これはもちろん村上春樹へのオマージュだろう。

二〇一三年の十一月末に私はメキシコのグアダラハラ国際ブックフェアに行き、幸運にもネッテルが登壇する『赤い魚の夫婦』のプレゼンテーションに立ち会うことができた。イベント後、「この作品がとても好きで、将来ぜひ日本語に翻訳したい」とネッテルに話しかけたところ、「日本だったら、日本を舞台にした作品が入っているこちらも読んでみて」とその場でサインをして手渡されたのがこの『花びら〜』だった。短編集だということもあるが、ネッテルの作品の中では本書に最もテイストの近い作品だ。機会があれば、この短編集も紹介できたらと思う。

『わたしが生まれた体』は、自伝的な小説だ。右目に障害を持って生まれ、周囲になじめなかった幼少期から思春期のこと、母娘の確執などが描かれる。自伝的な作品を書くつもりはなかったが、書きはじめたら止まらなくなり、自分の中から聞こえてくる声を聞き書きするように書いたと、二〇一九年一月二十九日にルイジアナ・チャンネルがアップしているマリアナ・エンリケスとの対談の中でネッテルは語っている。目の障害は、身体への意識、どうしようもない試練、人とは異なることへの考察へと常にネッテルを向かわせてきたのではないかと思う。

二〇〇七年には、ヘイ・フェスティバルとボゴタ市が選ぶ〈ボゴタ39〉、三十九歳以下のラテンアメリカ生まれの期待の若手作家三十九人に選出された。この中には、ジュノ・ディアス（ドミニカ共和国）、ダニエル・アラルコン（ペルー）、ファアン・ガブリエル・バスケス（コロンビア）、アレハンドロ・サンブラ（チリ）、エドゥアルド・ハルフォン（グアテマラ）、カルラ・スアレス（キューバ）、ホルヘ・ボルピ（メキシコ）など、日本でも作品が翻訳出版されている作家たちもいる。

さらに、二〇〇九年にはドイツのアンナ・ゼーガース賞を受賞している。こちらは、ドイツとラテンアメリカの若い作家の育成をねらいとして、ドイツのアンナ・ゼーガース財団が選出し、ベルリン芸術アカデミーによって授与される賞だ。

二〇一四年には、小説『冬のあとで（*Después del invierno*）』がエラルデ小説賞を受賞し、スペイン語圏でさらに認知度を高めた。ニューヨークに住むキューバ人の男性編集者と、パリに住むメキシコ人の学生が交互に語る形で展開する小説で、二人の出会い、恋、そして思わぬ運命の行方が描かれる。

二〇一七年からネッテルはメキシコ国立自治大学が発行する「メキシコ大学雑誌（Revista de la universidad de México）」の編集長を務めている。毎号あるテーマに沿って、詩や創作、評論、書評、他分野の専門家による国内外の記事などを掲載する文化雑誌だ。最近のテーマを見ると、「意識」「脱植民地主義」「カウンターカルチャー」「痛み」「夜」など、なかなかおもしろそうだ。外国暮らしの長かったネッテルだが、この雑誌の編集を通して、メキシコの文学界での地位をかためたようだ。

二〇二〇年には、母になることをめぐる小説『ひとり娘（*La hija única*）』を刊行した。出産時に死ぬか、生まれても長くは生きられないと宣告された娘を産んだ友人、小学生の息子へのネグレクトが疑われる隣家の女性、ベランダに巣を作った鳩、自身の母親など、さまざまな母親像のあいだで、主人公である語り手は不妊手術を受けようとしている。ここでもジェンダー、母性、子どもを持つかどうかといった、今日的テーマに迫っている。

創作のほかに、評論も手がけ、二〇〇八年に『フリオ・コルタサルを理解するために（*Para entender Julio Cortázar*）』をメキシコのノストラ社から、二〇一四年に『オクタビオ・パス自由の言葉（*Octavio Paz Las palabras en libertad*）』をタウルス社から刊行した。

幼いころは幻想的な小説を好み、ポーやカフカを読んだ、スペイン語ではコルタサル、ボルヘス、スペインの作家ならビラ＝マタスが好きだと、本書がリベラ・デル・ドゥエロ国際短編小説賞を受賞したときのインタビューで語っていた。また、別の機会に、心に残っている本として、十一歳のときに読んだ、ガルシア＝マルケス『エレンディラ』（鼓直・木村榮一訳　筑摩書房、『純真なエレンディラと邪悪な祖母の信じがたくも痛ましい物語』野谷文昭訳　河出書房新社にも一部収録）を、繰り返し読む本として、アイザック・バシェヴィス・シンガーの自伝的作品のひとつ *Love and exile*（彼女が語っていたのはスペイン語版 *Amor y exilio*。「愛と亡命」の意味だろうか）とナタリア・ギンズブルグ『ある家族の会話』（須賀敦子訳　白水社）をあげていることからもわかるように、貪欲な読者でもある。

このように、スペイン語文学における、ネッテルのここ十年あまりの活躍はめざましい。『花びらとその他の不穏な物語』以降の作品は、すべて英訳が出ており、作品は十数か国語に翻訳されている。

もっと早く日本で紹介されてもよかった作家と言えるだろう。

近年、翻訳文学において女性作家は非常に勢いがある。韓国語、英語、フランス語等からの翻訳作品から、さまざまな女性たちの声が伝わってくるのと比べると、スペイン語圏は一歩も二歩も遅れをとっている感じだ。スペイン語文学は年間二十点ほどしか翻訳されないので無理もないが、日本語で読めなければ、日本では存在しないも同じことになり寂しい。だが、スペイン語圏にも、紹介されていないすぐれた作家はいるし、翻訳したい作品は山のようにある。筆者は児童文学から翻訳の世界に入ったが、ここ十数年ほど、スペイン語圏の女性作家の翻訳が極端に少ないのが気になりはじめ、自分でも紹介できないかと読むようになった。スペイン語圏を訪れるたび、書店で店員にお勧めの本を教えてもらうのだが、すばらしい作品はいくつもある。選りすぐりの作品を、これから一つでも多く紹介していけたらと願っている。

日本の読者がこの短編集を楽しみ、グアダルーペ・ネッテルというメキシコの作家と出会ってくれたなら何よりだ。そしてそれが、「スペイン語圏の女性作家もおもしろいぞ!」

と思うきっかけの一つになればなおうれしい。
最後に、女性作家の作品を訳したいという筆者の声を聞き届け、励まし、出版を実現してくださった編集者の原島康晴さんに心から御礼を言いたい。原島さんなしには、この本は日の目を見なかった。ありがとうございました。

宇野和美

二〇二一年七月

著者　**グアダルーペ・ネッテル** Guadalupe Nettel

1973年メキシコシティ生まれの、現代メキシコを代表する女性作家。2006年に小説『宿主（*El huésped*）』が、スペインのアナグラマ社主催のエラルデ小説賞の最終候補になり、翌2007年にはヘイ・フェスティバルとボゴタ市が選ぶ〈ボゴタ39〉、39歳以下の期待のラテンアメリカ作家39人に選出される。2013年に本書『赤い魚の夫婦』でリベラ・デル・ドゥエロ国際短編小説賞を、2014年に小説『冬のあとで（*Depués del invierno*）』でエラルデ小説賞を受賞。2017年よりメキシコ国立自治大学発行の「メキシコ大学雑誌（Revista de la universidad de México）」の編集長を務める。最新作は2020年刊行の小説『ひとり娘（*La hija única*）』。作品は英語をはじめ、十数か国語に翻訳されている。

訳者　**宇野和美** うの・かずみ

東京外国語大学スペイン語学科卒業。出版社勤務を経てスペイン語翻訳に携わる。東京外国語大学講師。主な訳書に、ハビエル・セルカス『サラミスの兵士たち』（河出書房新社）、アンドレス・バルバ『きらめく共和国』（東京創元社）、マリア・ヘッセ『わたしはフリーダ・カーロ』（花伝社）、コンチャ・ロペス＝ナルバエス『太陽と月の大地』、マルセロ・ビルマヘール『見知らぬ友』（以上、福音館書店）、プランテル・グループ『民主主義は誰のもの？』『独裁政治とは？』『社会格差はどこから？』『女と男のちがいって？』（以上、あかね書房）などがある。

装画　**澤井昌平** さわい・しょうへい

画家。1988年、神奈川県横須賀市生まれ。
2014年、武蔵野美術大学大学院修士課程日本画コース修了。
2020年、第23回岡本太郎現代芸術賞 特別賞受賞。

赤《あか》い魚《さかな》の夫《ふう》婦《ふ》

2021年 8月31日　第1版第1刷発行
2021年 10月15日　第1版第2刷発行

著者　グアダルーペ・ネッテル
訳者　宇野和美
発行　エディマン
発売　株式会社現代書館
〒102-0072　東京都千代田区飯田橋3-2-5
電話 03-3221-1321　FAX 03-3262-5906
振替 00120-3-83725
http://www.gendaishokan.co.jp/

印刷　平河工業社（本文）
東光印刷所（カバー・表紙・帯・別丁扉）
製本　積信堂
装丁　桜井雄一郎

ISBN978-4-7684-5905-8
定価はカバーに表示してあります。
乱丁・落丁本はお取り替えいたします。